अपराजिता

शाहाना परवीन

PUBLICATION

दिल्ली-110089, (भारत)

संस्करण : 2021
ISBN : 978-93-90889-93-8

मूल्य : 250/-

© सम्बंधित रचनाकार के अधीन
आवरण : ज्योति

अपराजिता
शाहाना परवीन

Aprajita
By : **Shahana Parveen**

Published by
PRAKHAR GOONJ PUBLICATION
H-3/2, Sector - 18, Rohini, Delhi- 110089
E-mail : prakhargoonj@gmail.com
        sinha.neelu123@gmail.com
Ph. no : 011-27851059, 7982710571, 7838505899
Web : prakhargoonjpublications.com

समर्पण

आदरणीया नीलू सिन्हा जी और
आदरणीया आरती प्रियदर्शिनी जी को समर्पित मेरा द्वितीय
संकलन 'अपराजिता'।

दो शब्द

मन के भावों को व्यक्त करने का सबसे अच्छा माध्यम लेखन है। यदि हमें अपनी कोई बात किसी को कहनी या समझानी है तो हम लेखन के माध्यम से अच्छी प्रकार से समझा सकते हैं।

काफी दिनों से मन में एक विचार आ रहा था कि क्यों ना नारी मन की पीड़ा को कागज पर उकेरा जाए। हजारों बातें, पीड़ाएँ, अनुभव, चिंताएँ क्या कुछ नहीं है नारी हृदय में एक नारी होने के नाते जो मैं महसूस करती हूँ, जो मुझे पसंद नहीं है या जो मैं समाज से समाप्त किए जाने की प्रार्थनाएँ/दुआएँ करती हूँ, सब कुछ कागज पर लिख कर आप सबके साथ बाँटना चाहती हूँ। आज मैं अपनी लेखनी के माध्यम से एक औरत के जज़्बातों को लिखने का प्रयास कर रही हूँ।

जो कहीं ना कहीं हमारे आस-पास ही रहती हैं। हमसे कुछ कहना चाहती हैं, पर शायद कह नहीं पाती हैं। डर जी हाँ, यह डर ही है जो उन्हें कुछ भी कहने से रोक देता है। कहीं परिवार का डर तो कहीं समाज का। कहीं-कहीं पर पुरुषों द्वारा उन्हें इतना दबा दिया जाता है कि वह मुँह भी नहीं खोल पाती। अंदर ही अंदर घुटती रहती हैं। मैंने पूरा प्रयास किया है कि आप सभी सखियों, बहनों, माताओं, मौसियों, चाचियों को नारी के अन्तर्मन की बातें सांझा करने में कामयाब हो सकूं। मेरी यह किताब नारी के मन में उठते कुछ प्रश्न और टूटते सपनों पर आधारित है। मैंने अपनी किताब के माध्यम से यह भी बताने का प्रयास किया है कि नारी यदि चाहे तो सबकुछ कर सकती है। नारी दुर्गा का रूप धारण कर समाज से अपने छिनते अधिकारों को वापिस हासिल भी कर सकती है, स्वयं मे आत्मविश्वास जगा सकती है।

परन्तु यदि चाहे तो ...

जागो! उठो! देखो! नारी!
वक्त करवट बदल रहा है।
तुम्हारी ही तुमसे आज
यह वक्त मुलाकात करवा रहा है।।

''अपराजिता'' मेरा द्वितीय संकलन एवं प्रथम एकल गद्य संग्रह है, जो मैं प्रखरगूँज की संस्थापक व सम्पादक आदरणीया नीलू सिन्हा जी और आदरणीया आरती प्रियदर्शिनी जी को समर्पित करना चाहूंगी।

आज इन दोनों के मार्ग दर्शन व माध्यम से ही मैं नारी के हृदय की वेदना, दुख, विचारों, पीड़ा आदि को आप सब के समक्ष लाने में सफल हो पाई हूँ।

''अपराजिता'' किताब आप सब बहनों के हाथों में सौंपते हुए मुझे बेहद हर्ष की अनुभूति हो रही है। मेरे इस सपने को साकार करने में व मेरी बातों को समस्त नारियों तक पहुँचाने में प्रखर गूँज का बहुत बड़ा योगदान है।

मैं प्रखर गूँज से जुड़े सभी सम्मानित गुणीजनों का हृदय तल से धन्यवाद करती हूँ जिन्होंने मुझे मेरी किताब आप सब बहनों तक पहुँचाने में मुझे पूर्ण रूप से सहयोग दिया।

आशा करती हूँ कि मेरी सभी सखियों और बहनों को ''अपराजिता'', अवश्य पसंद आयेगी।

धन्यवाद

शाहाना परवीन
मुजफ्फरनगर
(उत्तर प्रदेश)

अनुक्रमांक

पीरियडस अछूत क्यों?

यह सवाल आज हर उस लड़की को परेशान करता है, जो इन दिनों बहुत सारी समस्याओं से जूझ रही होती हैं।

गयारह साल की बुलबुल दौड़ी-दौड़ी अपनी माँ नीलम के पास आई और रोने लगी। माँ ने पूछा, ''क्या हुआ?'' बुलबुल बोली,-''मम्मा, जहाँ से सू-सू करते हैं वहाँ मुझे कुछ अजीब सा लग रहा है और पेट में बहुत दर्द भी हो रहा है।''

नीलम ने देखा, बुलबुल को मासिक धर्म की शुरूआत हो चुकी थी। नीलम उसे अंदर ले गई और उससे सम्बंधित सामान देती हुई बोली कि ''बेटी, यह हर लड़की को होता है और हाँ! एक बात का ध्यान रखना, तुमने इस बारे में किसी को कुछ भी नहीं कहना है।''

बुलबुल को बहुत अजीब लग रहा था। उसके मन में बार-बार एक ही प्रश्न आ रहा था कि यह लड़कियों को क्यूँ होता है?

घर में दादी को पता चला तो उन्होंने बुलबुल के नहाने-धोने पर रोक लगा दी। दादी के अनुसार बुलबुल पूजा में शामिल नहीं हो सकती थी। सिर नहीं धो सकती थी और उसके लिए रसोईघर में प्रवेश भी वर्जित था।

बुलबुल अपने पापा के साथ सोया करती थी। पापा उसे बहुत प्यार करते थे परन्तु अब दादी का आदेश था कि बुलबुल पापा या भाई के साथ नहीं सो सकेगी। इतने सारे नियम एक फूल सी बच्ची पर लगा दिए गए और किसी ने उसकी भावनाओं को समझने का प्रयास तक नहीं किया। नीलम भी मजबूर थी रीति-रिवाजों के सामने। वह कुछ नहीं कह पा रही थी। बुलबुल पेट दर्द से तड़पती रहती, पर दादी कहती कि ऐसा ही होता है यह सब हमारे शास्त्रों मे लिखा है। एक दिन नीलम की छोटी बहन मिलने आई। उसने बुलबुल की हालत

देखी। बुलबुल एक कोने में लेटी थी और दर्द से तड़प रही थी। दादी की परवाह किए बिना वह तुरंत उसे लेडी डाक्टर के पास ले गई। डाक्टर ने साफ शब्दों में कह दिया कि इन दिनों बेटियों को अतिरिक्त खान पान की आवश्यकता होती है। केयर भी अधिक करनी पड़ती है। पर शायद बुलबुल को वह केयर और खाना नहीं मिल पाया और उसके गर्भाशय मे सूजन आ गई। दो दिन तक उसे अस्पताल मे ही रहना पड़ा।

अगर नीलम और दादी बुलबुल की परेशानी को समझते और इन दिनों में उसका विशेष ध्यान रखते तो शायद आज यह नौबत ही नहीं आती।

अब हम बात करते हैं उन मान्यताओं की जो पीरियडस, माहवारी, महीना, मासिक धर्म को अछूत बताती हैं।

ग्यारह वर्ष और इससे अधिक की महिलाओं की योनि से हर महीने लाल रक्त निकलने को 'महावारी' कहा जाता हैं। यह बहुत महत्वपूर्ण है क्योंकि इसके बिना मानव की उत्पत्ति नहीं हो सकती। प्रकृति ने स्त्री को गर्भाशय, ओवरी, फेलोपियन ट्यूब और वजाइना देकर संतान उत्पन्न करने की क्षमता प्रदान की है। यह एक सामान्य शारीरिक प्रक्रिया है। कुछ लोग इसे गंदगी कहते हैं। यह कोई गंदी चीज नहीं है, ना ही इसमें छुपाने वाली कोई बात है। जिन लड़कियों को १४ साल तक महावारी नहीं आ पाती उन्हें डाक्टर के पास ले जाकर दवा खिलाई जाती है। आप ही बताइये कि अगर महावारी इतनी बुरी होती तो माता-पिता अपनी बेटी के लिए इसको क्यों इतना आवश्यक बताते।

महावारी से जुड़ी कुछ मान्यताएँः-

समाज की सोचः-

आज पुरुष और स्त्री में कोई भेद नहीं रह गया है। महिलाएँ पुरुषों के साथ कंधे से कंधा मिलाकर चल रही हैं। परन्तु आज भी जब किसी महिला को महावारी होती है तब उसे हेय दृष्टि से देखा जाता है। सबसे अधिक नारी ही नारी

से घृणा करती है। किन्हीं स्थानों पर इन दिनों नारी किसी वस्तु को हाथ तक नहीं लगा सकती और उन्हें रस्सी से बांधकर रखा जाता है।

क्या हम आधुनिक हैं?

आज हम सब अपने आपको आधुनिक कहते हैं। पर सोचिये! क्या हम वास्तव मे आधुनिक हैं? आज भी हमारे घरों में नानी, दादी पीरियडस के दौरान लड़कियों व महिलाओं पर कई प्रकार की रोक लगाती हैं। उन्हें अपवित्र समझती हैं। ऐसा भी देखा गया है कि इन दिनों महिलाओं को अलग बरतनों में भोजन खाने के लिए दिया जाता है। अब जानते हैं कि महिलाओं को मासिक धर्म क्यों होता है? इसके पीछे एक मान्यता जुड़ी हैं।

पौराणिक कथाः-

देवताओं के गुरु ब्रहस्पति इन्द्र देव से रुष्ट हो गए थे और असुरों ने देवलोक पर आक्रमण कर दिया था। जिसके कारण इन्द्र देव को वहाँ से जाना पड़ा था। अपने सिंहासन को वापिस पाने के लिए इन्द्र देव को एक ब्राहमण ज्ञानी की सेवा करनी थी। वह सेवा करने लगे परन्तु नहीं जानते थे कि ज्ञानी की माता एक असुर थीं। ज्ञानी समस्त हवन सामग्री असुरों पर चढ़ा देता था। जिससे इन्द्र देव को लाभ नहीं हो पा रहा था। जब उन्हें यह बात पता चली तो उन्होंने ज्ञानी का वध कर दिया। इन्द्र देव से पाप हो गया। उनके तप से प्रसन्न होकर शिवजी ने उनसे कहा कि तुम अपने पाप से मुक्त हो सकते हो, यदि अपना पाप सबको थोड़ा-थोड़ा बाँट दो। इन्द्र देव को पेड़, भूमि, जल और स्त्री को थोड़ा थोड़ा अपना पाप देना था। पाप लेने के बदले इन सबने इन्द्र देव से वरदान देने के लिए कहा।

मान्यतानुसार पेड़ ने एक चौथाई हिस्सा ले लिया। वरदान के अनुसार पेड़ स्वयं को जीवित कर सकता है। जल को पाप लेने के बदले वरदान दिया कि तुम वस्तुओं आदि को पवित्र कर सकते हो। भूमि को बदले में यह वरदान मिला कि चाहे कैसी भी चोट हो भूमि सदैव स्वयं ही भर जायेगी। अंतिम

वरदान मिला स्त्री को, पाप लेने के बदले इन्द्र देव ने स्त्रियो को मासिक धर्म वरदान में दिया कि महिलाएँ पुरुषों से अधिक काम का आनंद उठायेंगी। इस पाप से जुड़ी मान्यता के अनुसार ही स्त्रियों को मासिक धर्म होता है। कहानी के अनुसार मासिक धर्म के दौरान वह गुरु के पाप का बोझ ढो रही होती हैं। इसलिए उन्हें प्रत्येक पवित्र वस्तु से दूर रखा जाता है। वे मंदिर नहीं जा सकतीं। किसी पवित्र ग्रंथ को छू नहीं सकतीं तथा कोई मंत्र जाप भी नहीं कर सकती हैं।

असम का अजीबो गरीब रिवाजः-

असम में जब पहली बार कन्याओं को मासिक धर्म शुरू होता है तो खूब खुशियाँ मनाई जाती हैं। उपहार दिए जाते हैं। परन्तु जिस घर में लड़कियों को पहली बार मासिक धर्म होता है उस घर की अन्य महिलाएँ तीन दिन और तीन रात तक घर में प्रवेश नहीं कर सकतीं। आप स्वयं बताइये कि इसे खुशी कहें या फिर अपराध?

प्रतिबंधों की बाड़ः-

महिलाओं पर प्रतिबंध तो हर धर्म मे ही लगाएँ जाते हैं। मुस्लिम धर्म में महिलाओं से कहा जाता है कि वे इन दिनों में नमाज नहीं पढ़ सकती हैं। कोई पवित्र ग्रंथ को पढ़ना तो दूर, हाथ भी नहीं लगा सकतीं। रमज़ान के महीने में जिन महिलाओं को मासिक धर्म हो रहा होता है वह ऐसी महिलाओं के पास भी नहीं बैठ सकतीं जो उस समय इबादत कर रही होती हैं, उदाहरण नमाज पढ़ते समय और पवित्र ग्रंथ कुरान पढ़ते समय। रमज़ान के रोजे भी इस स्थिति में रखना वर्जित है। ऐसे ही हिंदू धर्म में महिलाएँ इन दिनों मंदिरों में नहीं जा सकतीं। पूजा पाठ भी करना मना होता है। इन दिनों में जहाँ खाना पकाने हेतु अन्य महिलाएँ एकत्र होती हैं वहीं पर जिस महिला को मासिक धर्म हो रहा होता है वह रसोईघर में जाकर भोजन नहीं पका सकती। ना ही उन सबके साथ बैठ सकती है। यहाँ तक की इन दिनों पति के पास जाने से भी मनाई है।

अपराजिता

वर्तमान सोचः-

आज भी वही दकियानूसी सोच हमारे समाज व परिवारों पर हावी है। मैडिकल साइंस कहती है कि यह सामान्य प्रक्रिया है। विज्ञान के अनुसार स्त्री एक नये जीव को संसार में लाने के लिए तैयार हो चुकी है। पर यह कोई स्वीकार नहीं करता। सबको यही लगता है कि बच्चे को जन्म देना और महावारी का आना सब कुछ अपवित्र है। यदि ऐसा है तो बच्चे को गोद में उठाना भी अपवित्र ही माना जाना चाहिए। परिवार वाले बड़े प्रसन्न होते हैं नवजात शिशु को हाथों में उठाकर। फिर उस जन्मदात्री से इतनी घृणा क्यूँ?

अपवित्र सोचः-

स्त्री अपवित्र नहीं है बल्कि अपवित्र है हमारी गंदी सोच। यह गंदी सोच जो नारी को नीचा दिखाने का कोई अवसर नहीं छोड़ती। मंदिर के पुजारी हों या फिर मस्जिद के मौलवी सब नारी को अपवित्र, नापाक कहने पर तुले रहते हैं। स्त्री बाल नहीं धो सकती। पेड़ों को पानी नहीं दे सकती। पति के साथ एक बिस्तर पर सो नहीं सकती, ये सब इन पंडितों और मौलवियों के बनाए नियम हैं। धर्म से डरकर परिवार की बड़ी बुजुर्ग महिलाएं वही करती हैं जो उन्हें ये धर्म के ठेकेदार करने को कहते हैं।

कुछ महिलाएं शर्माती हैंः-

वर्तमान समय में आज भी महिलाएं मासिक धर्म आने पर किसी को बताना पसंद नहीं करतीं।

बी बी सी न्यूज़ के माध्यम से कुछ महिलाओं के अनुभव मैंने पढ़े। वही यहाँ लिख रही हूँ। रिचा साकल्ले के अनुसार ''मुझे समझ नहीं आता था कि मेरी माँ को हर महीने क्या हो जाता है? वह हम सबसे क्यों कट सी जाती हैं? उनके धुले बर्तनों पर दादी क्यूँ गंगाजल छिड़कती है?''

पूजा दाऊ ने बताया उस समय वह १३ साल की थी। दादी के घर गई हुई थी। एक दिन पूजा के कपड़े खून से लाल

हो गए और उन्हें ऐसा लगा मानो उन्हें ब्लड कैंसर हो गया है।''

शिवानी मांडेव जी का अनुभवः जब पहली बार पीरियडस आया तो समझ में आया कि छुआ-छूत क्या होती है? दादी का प्यार मेरे लिए कैसे कम हो गया?

औरतों की सोचः-

औरतें ही सबसे अधिक औरतों के इन दिनों को लेकर उनके विरुद्ध खड़ी हो जाती हैं। ये पंडित और मौलवी धर्म के ठेकेदार इसलिए भी नारी के विरुद्ध उलटा-सीधा बोलते हैं क्योंकि स्वयं नारी ही नारी की बुराई में सबसे आगे बढ़-चढ़ कर हिस्सा लेती है। यदि महिलाएँ ना चाहें तो किसी पुरुष की हिम्मत नहीं कि महिलाओं के बारे में कोई नियम बना सकें। हमारी काम वाली थी जब उसे महीना होता था तब वह अपनी बेटी या देवरानी को काम करने भेज देती थी। एक दिन मैंने उससे पूछा कि वह ऐसा क्यों करती है? कहने लगी कि उसके घर में पुरानी परम्परा है। उसकी सास माहवारी के दिनों में उसे घर में नहीं रहने देती। पास ही में एक कमरा बनाया हुआ है वह उन दिनों वहीं रहती है। वहीं उसे भोजन-पानी दिया जाता है। एक प्रकार से यह एक अपराधियों वाली स्थिति है। मैंने पूछा कि क्या उसे बुरा नहीं लगता? कहने लगी ''नहीं''। आगे वह भी यही परम्परा अपने परिवार में चलायेगी। मुझे बड़ा अजीब सा लगा उसकी बात सुनकर। इस परम्परा को बदलने की बजाय वह भी वैसा ही करेगी जैसा इसकी सास करती आई है।

आखिर है तो एक नारी ही। जब तक नारी नहीं बदलेगी, तब तक परिवार, समाज देश नहीं बदल सकता। एक और बहुत महत्वपूर्ण बात बताती हूँ। एक पढ़ी लिखी महिला की जो प्रसिद्ध शक्सियत है। नाम है ''स्मृति ईरानी''।

वैसे तो आप सभी जानते होंगे पर फिर भी मैं बता देती हूँ कि सुप्रीम कोर्ट ने केरल के सबरीमाला मंदिर में सभी उम्र की महिलाओं के प्रवेश की अनुमति दे दी है।

केन्द्रीय मंत्री श्रीमती स्मृति ईरानी का मानना है कि हम

सभी को प्रार्थना करने का अधिकार है। लेकिन किसी स्थान को अपवित्र करने का नहीं। सबरीमाला में सभी महिलाओं के प्रवेश पर सुप्रीम कोर्ट के फैसले के बाद से जारी विवाद पर स्मृति ईरानी ने मुंबई में आयोजित एक कार्यक्रम में यह बात कही।

एक महिला होकर यदि स्वयं महिला ऐसी बात कहेगी तो बाकी को तो अवसर मिल ही जायेगा आगे बहुत कुछ और भी कहने का है।

सती माता का मंदिरः-

वहीं दूसरी ओर असम के गुवाहाटी से लगभग आठ किलोमीटर दूर स्थित है देवी सती का कामाख्या मंदिर। यह मंदिर रजस्वला माता की वजह से ज्यादातर लोगों का ध्यान आकर्षित करता है। यहाँ चट्टान से बनी योनि से रक्त निकलता है। इस मंदिर में प्रत्येक वर्ष अम्बुवाची मेले का आयोजन किया जाता है। इस मेले में देश भर के तांत्रिक हिस्सा लेने आते हैं। ऐसी मान्यता है कि इन तीन दिनों में माता सती रजाखला होती है और जलकुंड में पानी के स्थान पर रक्त बहता है। मंदिर के कपाट तीन दिनों तक बंद रहते हैं। तीन दिनों बाद बड़ी धूम धाम से इन्हें खोला जाता है। इतना ही नहीं यहाँ दिया जाने वाला प्रसाद भी लाल रक्त में डूबा कपड़ा होता है। ऐसा कहा जाता है कि इन तीन दिनों में जब मंदिर के कपाट बंद होते हैं तब एक सफेद कपड़ा बिछा दिया जाता है। जो मंदिर के पट खोलने पर लाल हो जाता है। इसी लाल कपड़े को मेले में आए भक्तों को दिया जाता है। इसे अम्बुवाची प्रसाद भी कहते हैं। मंदिर में योनि रूप में बनी एक समतल चट्टान को पूजा जाता है। बहुत से लोगों का ऐसा मानना है कि यहाँ इन दिनों पशुओं की बलि भी दी जाती है उन्हीं का रक्त होता है। कुछ इस पर विश्वास नहीं करते। चाहे जो भी सच्चाई हो इस मंदिर के आकर्षण का केंद्र 'रजस्वला रक्त' की पूजा है जिसे देखने यहाँ हजारों की संख्या में लोग आते हैं।

कुछ मन में उठते सवालः-

मेरी बेटी तमन्ना जो बारहवीं कक्षा में पढ़ती है। उसकी

एक सहेली ने उसे बताया कि पीरियडस के दिनों में मंदिर नहीं जाना चाहिए। कोई धार्मिक कार्यक्रम नहीं करना चाहिए। ना ही धार्मिक आयोजन में हिस्सा लेना चाहिए। मेरी बेटी ने मुझसे पूछा–''मममा ! एक बात बताइये कि क्या कभी किसी देवी माँ को यह सब नहीं होता? उन सबका घर तो मंदिर ही है। वह सब तो वहीं पर ही रहती हैं हमेशा। फिर आंटी या लड़कियाँ ही इन दिनो मंदिर क्यों नहीं जा सकती? जबकि अंकल लोग तो सभी जाते हैं।'' एक मिनट के लिए तो मैं भी सोचने पर मजबूर हो गई। पर क्या समझाती उसे? जिस प्रश्न का उत्तर मुझे आज तक नहीं मिला। उसे क्या कहूँ उस बारे में। बस इतना ही कह पाई कि ''बिटिया जब बड़ी हो जाओगी, सब समझ में आ जायेगा। शायद तुम्हारा वक्त कुछ और हो।''

मेरी गली में रहने वाली छोटी बच्ची शीला को जब पहली बार महावारी हुई तो उसकी माँ और दादी ने उसे एक कमरे में बंद कर दिया और कहा कि जब तक ठीक ना हो जाओ बाहर नहीं जाना, किसी को भी इस विषय में कुछ मत कहना। भोजन पानी सब कुछ उस बच्ची को वहीं बंद कमरे में ही मिलता रहा।

निष्कर्ष

समझ में नहीं आता कि जो चीज धर्म से भी जुड़ी है, उसे अपवित्र क्यों माना जाएँ? कब हम लोग आजाद होंगे इस गंदी सोच से? हमारे परिवार, समाज व देश की महिलाएं इन बातों को कब तक सबसे छुपाती रहेंगीं?

महिलाओं को ऐसी शिक्षा देनी चाहिए कि उन्हें यह महसूस हो कि महावारी प्रकृति की देन है। महिलाओं के लिए भगवान का आशीर्वाद है। इसके बिना संसार आगे नहीं बढ़ सकता। इसके बिना एक नारी अधूरी है।

ना कहो नारी को अपवित्र,

ना समझो नारी को कमज़ोर।

नारी है महान, शक्तिशाली,

तभी रच डालती नारी संसार।।

बांझ पुरुष भी तो हो सकता है?

घर परिवार में विवाह होना बहुत शुभ माना जाता है। ऐसे ही ललित का भी विवाह हुआ। परिवार में खुशियाँ मनाई गईं। दो वर्ष कैसे बीत गए पता ही नहीं चला। अब चिंता हुई कि बहू अभी तक माँ नहीं बन पाई है? परिवार ने कहना शुरू कर दिया कि ''बहू पोते का मुँह दिखाओ। दो वर्ष से अधिक का समय हो चुका है।'' पर हैरानी की बात कि ललित को किसी ने एक बार भी कुछ नहीं कहा। जो भी घर में आता सब बहू ही से प्रश्न पूछने करने लग जाते थे। बहू की डाक्टरी जाँच कराई गई। रिपोर्टें सब सही थी। अब बारी आई ललित की। परिवार वालों ने साफ मना कर दिया कि ''बेटा हमारा ठीक है। दोष बहू ही में है। उसका इलाज करो।'' डाक्टरों ने काफी समझाया पर ललित ने चैक-अप नहीं करवाया। देखते देखते सात वर्ष बीत गए। कोई संतान नहीं हुई। सास और ससुर ने अपने बेटे की दूसरी शादी के बारे में सोचा। बहू ने काफी विरोध किया, पर जबरदस्ती बहू पर बांझ का आरोप लगाकर उसे घर से निकाल दिया गया और फिर उसे तलाक दे दिया। ललित का दूसरा विवाह हो गया। अब दूसरी पत्नी से उम्मीद की गई कि वह जल्दी से पोते का मुँह दिखाए। पर समस्या वही कि कमी स्त्री मे थी ही नहीं, सारी कमी पुरुष में थी। अब परिवार में यह सवाल उठने लगा कि क्या करें? समाज का डर, पर उससे भी अधिक रिश्तेदारों के बीच बदनामी के डर से माता पिता ने अपने बेटे की कमी किसी को नहीं बताई। सारा दोष बहू पर ही लगाते रहे।

उधर पहली पत्नी के मायके वालों ने दो साल के अंदर-अंदर अपनी बेटी का दूसरा विवाह भी कर दिया। एक वर्ष पश्चात पहली वाली पत्नी के एक संतान भी हो गई। सब को पता चल गया कि पहली पत्नी में कोई कमी थी ही नहीं। सारी कमी ललित ही में थी। पर बहू को कौन पसंद करता है? उस पर दूसरी तरह के आरोप लगा दिए गए। उसे चरित्रहीन तक की संज्ञा दे डाली।

अब दूसरी पत्नी के साथ भी वही सब होने लगा, जो पहली के साथ होता था। अब सोचने वाली बात यह है कि जब एक महिला संतान पैदा ना कर पाने के कारण बांझ कही जा सकती है तो पुरुषों को समाज क्यों ''बांझ'' का नाम नहीं देता? क्यों बेटे को यह कह दिया जाता है कि वह ठीक है और सारी कमी एक नारी में ही है।

एक माँ स्त्री होकर अपनी स्त्री बहू ही पर उंगली उठाती है। पुरुष बेटे को क्यों आरोपित नहीं करती? यही नहीं, एक और महत्त्वपूर्ण बात, अगर संतान नहीं हो रही है तो इसमें बहू का दोष कहाँ है? अकेले एक स्त्री तो पैदा नहीं करती संतान। पुरुष का बहुत बड़ा हाथ होता है संतान पैदा करने में। यह बात सभी जानते हैं। पर स्वीकार कोई नहीं करना चाहता।

शादी-ब्याह कोई गुड़िया गुड्डे का खेल तो नहीं कि जब चाहे बहू को तलाक दे दो या जब चाहे उसे घर में बुला लो? या फिर बेटे की दूसरी शादी कर दो? खैर, आगे की बात पूरी करती हूँ।

अब ललित इस डर से कि समाज क्या कहेगा? जीवन भर बिना संतान के ही रहा। उसके परिवार वालों ने उसका इलाज तक नहीं करवाया। ललित ने भी अपनी बुद्धि का इस्तेमाल नहीं किया। वह अपने अहंकार में ही जीता रहा। उसकी दूसरी पत्नी भी उसके साथ घुट-घुट कर ऐसे ही मर गई। आज बहुत कुछ बदल चुका है। विज्ञान ने जहाँ लोगों के रहन सहन को बदला है वहीं हजारों ऐसे उपाय भी आ गए हैं जो निःसंतान दंपति को संतान का सुख दे सकते हैं। परन्तु कुछ क्षेत्रों में ऐसी रूढ़िवादिता आज भी व्याप्त है जो पुरुषों को झुकने नहीं देती। आज भी पुरुष अपने अहंकार, घमंड मे जी रहा है। आज भी हमारा समाज नारी को गर्व से बांझ कह देता है परन्तु पुरुषों पर कोई उंगली नहीं उठाता।

बच्चा नहीं हो रहा तो,
पत्नी को क्यों आँखे दिखाते हो?
पति से भी करो बात इस विषय में,
क्यों उसे समाज से छुपाते हो?
संतान होती पति-पत्नी से मिलकर,
नहीं अपने आप बच्चा जन्म ले लेता।
नहीं मिलता संतान का सुख तो,
केवल पत्नी का ही चैक-अप,
क्यों बार-बार करवाते हो?
यदि नारी है बांझ तो,
पुरुष भी बांझ कहलाना चाहिए।
दोनों ही कहलाते माता-पिता,
दोनों बच्चों की जान हैं।
नारी में ही दोष क्यों निकाला जाता है?
पुरुषों को फिर क्यों,
बांझ नहीं कहा जाता है?
पुरुषों को फिर क्यों,
बांझ नहीं कहा जाता है?

मेरिटल रेप

''मेरिटल रेप'' या ''वैवाहिक बलात्कार'' वह होता है, जो एक शादी-शुदा महिला के साथ उसके पति द्वारा किया जाता है। कहने में थोड़ा अजीब लगेगा, पर सत्य यही है क्योंकि विवाह के बाद प्रत्येक धर्म में लड़का और लड़की दोनों की सहमति से ही शारीरक सम्बंध स्थापित किये जाते हैं। दोनों एक साथ मिलकर घर-परिवार की जिम्मेदारी उठाते हुए परिवार को आगे बढ़ाते हैं।

नये जीवन की नींव रखते हैं। संतान उत्पन्न करना और उनकी उचित देखभाल करना दोनों का ही कर्तव्य है। किसी महिला या अपनी पत्नी ही से उसकी इच्छा के विरुद्ध सैक्स करना बलात्कार की श्रेणी में आता है। अधिकतर अशिक्षित पति या कुछ शिक्षित पति भी, यही समझते हैं कि एक बार शादी हो गई, समझो पत्नी उनकी निजी सम्पत्ति बन गई। अब वह उसके शरीर का उपयोग चाहे जैसे करें, कोई उन्हें कुछ भी कहने सुनने वाला नहीं है क्योंकि अब उन्हें प्रमाणपत्र मिल चुका है कि वह अपनी पत्नी के साथ चाहे जब सम्बंध स्थापित कर सकते हैं। चाहे जैसे कर सकते हैं। आज मैं आप सभी को एक ऐसी कहानी बता रही हूँ जिसमें एक महिला के साथ ऐसा ही हुआ है।

राजेश निर्धन परिवार का व्यक्ति था। उसकी चाय की छोटी सी दुकान थी। परिवार में पत्नी और दो बेटियाँ थीं। अराधना और उपासना। अराधना ने दसवीं तक पढ़ाई की थी। उपासना अभी छोटी थी, पढ़ रही थी। राजेश को अपनी २० साल की बेटी अराधना के विवाह की चिंता थी। एक दिन अराधना के लिए पड़ोस के गाँव से एक रिश्ता आया। नाम सुरेश था। सुरेश ट्रक चलाता था। खाते-पीते परिवार का था। परिवार में माता पिता और दो ही भाई बहन थे। लड़का और उसका घर-परिवार सबको पसंद आ गया। अराधना का विवाह कर दिया गया। गरीबी से निकल कर अराधना एक ऐसे परिवार

की बहू बन गई, जहाँ घर में सबकुछ मौजूद था। उसे खुशी थी कि अब वह अपनी छोटी बहन को अच्छी शिक्षा दिला पायेगी। खैर, शादी की पहली रात उसका पति सुरेश अराधना के करीब आया। अराधना उसे देखकर थोड़ा शरमाई। सुरेश अराधना के पास आकर बैठ गया और धीरे से पलंग के नीचे से एक रस्सी निकाली। अराधना कुछ समझ पाती, उससे पहले ही कपड़े से उसका मुँह बंद कर दिया। उसे बैड पर लिटा दिया। उसके दोनों हाथ पलंग से बांध दिए। उसके शरीर के कपड़े चिथड़े-चिथड़े कर एक तरफ फेंक दिए। अब सुरेश ने अराधना का जी भरकर इस्तेमाल किया। यहाँ तक कि, वह अराधना का बार बार रेप करता रहा और सोता रहा। अराधना दर्द से तड़पती रही, पर सुरेश ने उसकी जरा भी परवाह नहीं की। सुबह होने से पूर्व सुरेश ने अराधना को खोल दिया और घर में किसी को कुछ भी बताने से मना कर दिया। उसकी सास बहुत चालाक थी। वह कमरे में आकर अराधना से बोली कि जल्दी से नहा धोकर सबके लिए सुबह का नाश्ता बनाओ। पूरी रात अराधना सो नहीं पाई थी। पहली बार सम्बंध बनाने के कारण उसके अंग काफी दर्द कर रहे थे। नींद और थकावट से उसका शरीर टूट रहा था। उसने डर के मारे किसी को भी रात की कोई बात नहीं बताई। वह अपने काम में लग गई। जैसे-जैसे रात करीब आती जाती, अराधना डर जाती कि पता नहीं आज उसका पति उसके साथ क्या करेगा? रात को भी आना था और पति को भी आना ही था। वह भला दोनों कहाँ रुकने वाले थे? सुरेश कमरे में आया और जल्दी से दरवाजा बंद कर लिया। उसने अराधना को गोद में उठाकर बैड पर पटक दिया और एक झटके में ही शेर की तरह उसके शरीर से चिपक गया। उसके हाथों और गले पर अपने दाँत गड़ा दिए। अराधना ने बहुत मना किया पर सुरेश नहीं माना। अब तो हर रात अराधना का बलात्कार होता था। किसी से कह भी नहीं सकती थी। क्योंकि माथे पर शादी का ठप्पा जो लग चुका था।

मासूम नारी, कोमल शरीर,

किसी ने ना समझी, पीड़ा मन की।

क्या करें, क्या न करे?
इसी दुविधा मे फंसी पड़ी बेचारी।।
शादी का अर्थ क्या होता ''बलात्कार''?
यही सोचती रहती नारी।
विवश मजबूर कुछ कह नहीं सकती,
पुरुष के आगे हारी बेचारी।।

एक बार साहस जुटाकर अराधना ने अपनी सास को बताया भी था तो सास ने यही कहा था कि 'पति को पत्नी के शरीर का इस्तेमाल करने का पूरा अधिकार होता है। पत्नी का शरीर पति कैसे भी उपयोग मे ला सकता है। पत्नी को अपने आपको उसे समर्पित कर देना चाहिए। 'अपने मायके की गरीबी और ससुराल के घटिया व्यवहार के कारण अराधना हर रात अपने पति की हवस का शिकार बनती रही। कुछ महीनों बाद अराधना गर्भवती हो गई। उसने सोचा कि अब उसका पति उसके साथ ऐसा नहीं करेगा। पर ऐसा नहीं हुआ। अराधना के साथ सुरेश गर्भावस्था में भी लगातार सम्बंध बनाता रहा। डाक्टरों ने मना किया तो दूसरी तरह से उसने सम्बंध बनाए। अराधना ने एक पुत्र को जन्म दिया। घर में सबने अराधना का ध्यान रखा परन्तु सुरेश ने एक सप्ताह बाद ही अराधना का शोषण करना शुरू कर दिया। वह अराधना को कभी कहीं बाहर भी ले जाता था तो पहले किसी होटल में ले जाकर अपनी हवस पूरी करता था। बच्चा रातों को रोता रहता। अराधना उसे चुप कराती और स्तनपान कराकर सुला देती थी। जैसे ही अराधना सोने लगती सुरेश उसे सोने नहीं देता था। अपने शरीर की मालिश करवाता था। पैर दबाने को कहता था। फिर वही सब जो अब तक होता आ रहा था। अराधना बीमार रहने लगी। एक दिन उसके पिता जी उसे मायके ले जाने आए। पहले तो ससुराल वालों ने मना कर दिया परन्तु अधिक आग्रह करने के पश्चात उसे मायके भेज दिया। सुरेश ने उसे चेतावनी दी कि मायके में वह कुछ भी नहीं बतायेगी। अन्यथा वह उससे उसका बच्चा छीन लेगा। मायके आकर अराधना को काफी अच्छा

लगा। दो तीन दिन के आराम के बाद उसकी तबियत भी काफी हद तक ठीक हो चुकी थी। एक दिन अराधना रसोई में बच्चे के लिए दूध गरम करने आई। तब उसकी माँ ने उसके गले और हाथों पर अजीब से दाँतो के कटे के निशान देखे। उसने अराधना से पूछा। पहले अराधना टाल-मटोल करती रही। परन्तु माँ के बार बार आग्रह किए जाने पर उसने रो-रोकर माँ को सब बता दिया। उसकी माँ को बहुत दुख हुआ। वह छुपा नहीं पाईं और अराधना के पिता से इस विषय में बात की। पिता ने अराधना से कहा कि, ''बेशक हम लोग गरीब हैं पर अन्याय नहीं सहेंगे। ''दोनों ने मिलकर महिला आयोग में केस दर्ज करवाया दिया। इन सब बातों में समय तो लगा पर अराधना को सुरेश जैसे जानवर से मुक्ति मिल ही गई। अराधना के माता पिता ने उसका साथ दिया और उसे नरक के जीवन से बचाया। यदि अराधना शुरू ही में इन सब बातों का विरोध कर देती तो आज यह नौबत ही नहीं आती। ना ही सुरेश की हिम्मत इतनी बढ़ती। अराधना के माता-पिता ने बेटी को बोझ नहीं समझा। उनकी मदद से ही वह इस दलदल से मुक्त हो पाई।

बहनों, यह कुछ ऐसी बातें हैं जिन पर एक महिला खुलकर बात तक करना नहीं चाहेंगी हमारे गाँव, देहात और शहरों में ऐसे बहुत पति मिल जायेंगे जो अपनी पत्नी के साथ जानवरों जैसा व्यवहार करते हैं। एक नारी को ही नारी के दर्द को समझकर उसकी सहायता करनी चाहिए और उसे इन परेशानियों से स्वतंत्रता दिलानी चाहिए। महिला के साथ अगर ऐसा होता है तो छुपाना नहीं चाहिए बल्कि इस विषय में किसी विश्वसनीय महिला या पुरुष से बात करनी चाहिए। याद रखो, अन्याय सहना भी अपराध की श्रेणी में ही आता है।

करो बात खुलकर मत घबराओ नारी,
मत छुपाओ तुम अपने अन्याय की कहानी।
मिलेगी मुक्ति शोषण से तुम्हें एक दिन,
अपने मन को मत करो कमज़ोर
हो तुम संसार की महारानी।।

कहानीः नई पहचान

मोबाइल की घंटी बजी 'ट्रीन 'ट्रीन 'ट्रीन 'सुजाता ने फोन उठाया, उधर से उसकी बेटी नैना की आवाज थी–''मम्मा, मैं आज हास्पिटल से आने में थोड़ा लेट हो जाऊंगी। आप, दीदी और बुलबुल के साथ खाना खा लेना।''

''ओह! नैना बेटा, फिर से लेट?''

''मम्मा आज अस्पताल में एक गंभीर केस आया है बस उसी के लिए थोड़ी देर हो जायेगी।'' नैना ने कहा। तौलिये से बालों को सुखाते हुए अंदर कमरे से एक युवा लड़की बाहर आई, ''कोई बात नहीं माँ, नैना अपना काम पूरा कर घर आ जायेगी। मैं खाना लगा देती हूँ आप और बुलबुल खा लीजिए।''

''और तुम किरण? ''किरण के चेहरे पर मुसकान फैल गई। वह माँ के पास बैठते हुए बोली, ''कभी खाया है मैंने नैना के बिना? ''बुलबुल एक अनाथ बच्ची थी जिसे सुजाता ने गोद लिया था। नैना और किरण सुजाता की दो बेटियाँ थीं। नैना एक प्राइवेट हास्पिटल में डॉक्टर थी और किरण एक वकील थी। सुजाता अक्सर अनाथाश्रम जाती रहती थी और अनाथ बच्चों की देखभाल भी करती थी।

सुजाता और बुलबुल डाइनिंग टेबल पर बैठकर खाना खाने लगे। किरण वहीं पास रखे सोफे पर बैठकर अपनी फाइलें देखने लगी।

अचानक किरण का फोन बजा। उधर से एक महिला की आवाज थी–''मैडम, मै बहुत परेशान हूँ।'' किरण ने उसे सांत्वना देते हुए कहा–''देखिए आप घबराईये मत, बताइये क्या बात है?'' उधर से आवाज आई– ''मेरा पति दूसरी शादी कर रहा है क्योंकि मैं उसे बेटा नहीं दे पाई।'' किरण ने उसे अगले दिन अपने दफ्तर में मिलने के लिए कहा और फोन रख दिया।

''ये पुरुष भी जाने क्या समझते हैं अपने आपको?

‘‘क्या हुआ किरण?’’ सुजाता ने रोटी का टुकड़ा तोड़ते हुए किरण से पूछा।

‘‘माँ आज दुनिया कहाँ से कहाँ पहुँच गई और अभी भी लोगों को बेटा ही चाहिए।’’

यह सब सुनकर सुजाता की आँखे नम हो गई और उसने रोटी का टूटा हुआ टुकड़ा प्लेट में वापिस रख दिया। वह बहाना बनाकर टेबल से उठकर अपने कमरे में चली गई। बुलबुल भी खाना समाप्त कर अपने स्कूल का कार्य पूरा करने में व्यस्त हो गई। सुजाता अपने कमरे की खिड़की से बाहर देखने लगी। उसे कुछ कड़वी यादों ने आकर घेर लिया। ‘‘तू क्या समझती है अपने आपको? अगर मेरी बात नहीं मानी तो तुझे बाजार में बेच आऊँगा और सब तेरी इज्जत का तार–तार कर देंगे।’’

‘‘नहीं ! प्लीज ऐसा मत करना। मैं चली जाऊंगी तुम्हारी दुनिया से।’’ मत मारो मुझे मुकेश… मत मारो मुझे।’’

अतीत में खोई सुजाता के कानों में बाहर से नैना की आवाज आई और वह अपनी भीगी पलकें साड़ी के पल्लू से पोंछकर बाहर आ गई। ‘‘ममम ! आज एक अजीब पेशेंट आया है हास्पिटल में। ‘‘सुजाता नैना की बात काटते हुए बोली…, ‘‘चलो पहले फ्रेश होकर खाना खा लो फिर बातें करना। ’’….‘‘किरण ने भी अभी तक खाना नहीं खाया है।’’ सुजाता नैना की तरफ आखें निकालते हुए बोली।

‘‘वो तो मैं जानती हूँ मेरी प्यारी दीदी।’’ नैना किरण के पीछे से गले में हाथ डालकर बोली। बुलबुल की आवाज आई ‘‘दीदी, आप मक्खन लगा रही हो।’’ नैना बुलबुल के पीछे मज़ाक में दौड़ी तो बुलबुल आगे–आगे और नैना पीछे पीछे। पूरा घर हसीं के ठहाकों से गूँज उठा। सुजाता ने नैना और किरण को याद कराते हुए कहा,–‘‘शनिवार को याद है ना अनाथाश्रम जाना है। वहाँ सब बच्चों को कपड़े, किताबें, खाने का सामान देना है।

''मैं पहले ही कह रही हूँ कि तुम दोनों कोई बहाना मत बनाना, समय निकालकर मेरे साथ वहाँ चलना। ''अगले दिन फिर सबका वही रूटीन।

उधर अस्पताल में.....

''नैना ! मेरी बात तो सुनो....वह पेशेंट गंभीर अवस्था में है। उसे किसी दूसरे अस्पताल में शिफ्ट करवा दो।''

राहुल ने नैना से कहा। राहुल वर्मा नैना की ही तरह अस्पताल में डॉक्टर था और उसके ही साथ काम करता था। ''नहीं ! मैं ऐसा नहीं कर सकती। मै पूरी कोशिश करूंगी उसको बचाने की। इंसान हमें भगवान समझता है। बेशक हम भगवान नहीं हैं पर हमें हर संभव प्रयास करना चाहिए कि मरीज का सही इलाज हो और वह स्वस्थ होकर ही अपने घर जाए।'' कहती हुई नैना मरीज के कमरे में चली गई। वहाँ बैड पर एक मरीज लेटा था। साथ में उसकी पत्नी वहीं कुर्सी पर बैठी थी और मायूस थी। ''आंटी, देखिए घबराइये नहीं। मैंने कुछ दवाईयाँ लिख दी हैं। थोड़ा शरीर ठीक होने पर, कुछ दिनों बाद इनका पूरा बाडी चैक अप होगा। तभी आगे का इलाज शुरू हो पायेगा।''

''आप के साथ और कौन है?''.... ''हमारे तीन बेटे हैं, पर हमारी जरा भी परवाह नहीं करते।'' कहते हुए वह औरत रोने लगी।

''अरे ! रोइये मत मैं दवा मंगा देती हूँ। अंकल ठीक हो जायेंगे।'' नैना ने दवा मंगाकर अपने हाथों से उस मरीज को खिलाई। वह महिला नैना को बड़े गौर से देख रही थी। दूसरी तरफ किरण उस पीड़ित महिला से मिली और उसके पति के विरुद्ध पत्नी की तरफ से मुकदमा लड़ने को तैयार हो गई। वह महिला बोली,–''मैडम जी मेरे पास अधिक पैसे नहीं हैं। शायद मै आपको ना दे पाऊँ?''

''कोई बात नहीं मै तुम्हारा मुकदमा लड़ूंगी तुम पैसे की बिल्कुल चिंता मत करो। ''शनिवार का दिन भी आ गया।

‘‘आशियाना’’ अनाथाश्रम के सामने एक कार जैसे ही आकर रुकी। अनाथाश्रम के गेट से निकलकर बच्चों ने उस कार को चारों तरफ से घेर लिया। कार का दरवाजा खुला। उसमें से सुजाता, नैना, किरण और बुलबुल निकली। सुजाता ने कॉटन की साधारण सी हल्के पीले रंग की साड़ी पहनी हुई थी। किरण और नैना अपने आफिस के कपड़ों में ही थीं क्योंकि दोनों आधी छुट्टी लेकर आई थीं। बुलबुल को कुछ बच्चे अपने साथ खेलने के लिए अंदर ले गए। बुलबुल को सुजाता ने इसी अनाथाश्रम से गोद लिया था। रामकली नाम की एक बूढ़ी महिला सामने खड़ी थी। सुजाता कार से उतरते ही उसके गले मिली और उसे पकड़कर अंदर ले गई और उसे आराम से कुर्सी पर बैठाया। बाकी और भी कुछ अधेड़ उम्र की महिलाएँ आश्रम में देख-रेख के लिए थीं पर मालकिन रामकली ही थीं। नैना किरण, सामान आदि लेकर अंदर आ गईं। ‘‘अम्मा कैसी हो?’’

‘‘जिस माँ के तुम जैसी प्यारी बेटी हो। उसे भला क्या तकलीफ हो सकती है?.....इस आश्रम को तुम्हीं यहाँ तक लाई हो। वरना मेरे अकेले के वश में यह सब करना नहीं था। बुलबुल का भी तुम अपनी बेटी की तरह ध्यान रखती हो।’’ ‘‘माँ यह आश्रम नहीं है बल्कि मेरा मायका है। मैंने अपने जीवन के बेहद दुखी दिन यहीं व्यतीत किए हैं। ‘‘कहते हुए सुजाता की आँखे भर आईं।

नैना को सुनकर आश्चर्य हुआ। वह कुछ पूछती उससे पहले ही किरण ने उसे इशारे से मना कर दिया। फिर उन्होंने सब सामान बच्चों में बाँट दिया। साड़ियाँ, जूते, चप्पल, सभी कुछ देकर, सबसे मिलकर वापिस घर आ गए। नैना और किरण दोनों कार चलाना जानती थीं। दो दिन बाद सुजाता के पास एक फोन आया,–‘‘सुजाता जी, हमे आपकी बड़ी बेटी, जो वकील है, किरण के बारे में आपसे कुछ बात करनी है। क्या हम आपके घर आ सकते हैं?’’ सुजाता घबरा गई और बोली–‘‘ऐसा क्या हुआ?’’ दूसरी तरफ से एक महिला बोली–‘‘अरे घबराइये नहीं, हमे किरण बिटिया बहुत पसंद है। हमें अपने बेटे के लिए आपकी बेटी का हाथ चाहिए।’’

सुजाता मुसकुराकर बोली–''अच्छा, अच्छा आप लोग रविवार को शाम ५:०० आ जाइयेगा।''

रात को भोजन के समय खाने की मेज पर सुजाता ने फोन वाली बात सबको बताई। आपस मे सलाह की। किरण ने मना किया पर नैना और सुजाता ने उसे तैयार कर ही लिया। रविवार की शाम सुजाता के घर के गेट पर एक सफेद रंग की कार रुकी। उसमें से एक महिला और एक नौजवान लड़का निकला। सुजाता ने उनका स्वागत कर अंदर बैठाया। नैना और किरण दोनों वहीं आकर बैठ गईं। नाश्ता टेबल पर लगा दिया गया। वह महिला बार-बार सुजाता को बड़े ध्यान से देखे जा रही थी। अचानक उसने पूछ ही लिया–''सुजाता... सरस्वती कालेज वाली?''

अचानक सरस्वती कालेज का नाम सुनकर सुजाता चौंक पड़ी और आश्चर्य से उस महिला की ओर देखने लगी। फिर बोली–''आप ......''वह कुछ कहती इससे पहले ही लड़के की माँ खुद ही बोल पड़ी–''अरे सुजाता मैं अराधना....कुछ आया याद?''

सुजाता और अराधना एक दूसरे की सहेलियाँ थीं और एक ही कालेज मे पढ़ती थीं। पर शादी के बाद दोनों अलग अलग हो गई थीं। अराधना आजकल इसी शहर कानपुर में शिफ्ट हो गई थी। अराधना बात को आगे बढ़ाते हुए बोली, ''मेरे पति की मृत्यु है चुकी है हार्ट अटैक से। परिवार में मैं, मेरी बेटी और मेरा यह बेटा आकाश ही हैं। बेटी की शादी कर दी है। आकाश बैंक में नौकरी करता है, इसका यहाँ ट्रांसफर हुआ है। सुजाता, क्या मुझे अपना घर नहीं दिखाओगी?''

अराधना ने सुजाता के चेहरे की तरफ देखते हुए कहा। ''हाँ! क्यों नहीं, ...''

सुजाता ने किरण और नैना को आकाश का ध्यान रखने के लिए कहा और अराधना के साथ ऊपर घर दिखाने चली गई।

अपराजिता

ऊपर जाकर सुजाता अराधना को घर दिखाना चाहती थी। अराधना ने सुजाता का हाथ पकड़ लिया और बोली,–‘‘नहीं.. सुजाता.....मुझे घर नहीं देखना। .....मैं तुम्हारे बारे में जानना चाहती हूँ।’’

एकाएक ऐसी बात सुनकर सुजाता घबरा गई और कुछ कहने ही वाली थी कि अराधना बोल पड़ी–‘‘यहाँ आने से पहले मैं तुम्हारे मायके गई थी। वहाँ से तुम्हारे बारे में पता चला तो यहाँ चली आई। अब मैं तुम्हारे मुँह से सुनना चाहती हूँ कि क्या हुआ था तुम्हारे साथ?’’

सुजाता को समझ में कुछ नहीं आ रहा था कि वह क्या करे? वह अराधना को पकड़कर रोने लगी। मानों सदियों से किसी कंधे की तलाश कर रही हो। ‘‘मुकेश ने मेरी ज़िंदगी बरबाद कर दी अराधना।’’ अराधना ने आश्चर्य से पूछा–‘‘मैं सब कुछ जानना चाहती हूँ। प्लीज, मुझे बताओ।’’ सुजाता के सामने उसके अतीत के पन्नों ने फिर से फड़फड़ाना शुरू कर दिया और वह यादों के बहाव में बह निकली।

सुजाता कानपुर के एक रूढ़िवादी परिवार की बेटी थी। पिता कपड़े के व्यवसायी थे। सुजाता के अतिरिक्त परिवार में दो बहनें और एक भाई था। सुजाता सबसे बड़ी थी। भाई दूसरे नंबर पर था परन्तु परिवार में लाडला होने के कारण अपनी चलाया करता था। जिसे परिवार में सब बहुत चाहते थे। भाई पिता के साथ व्यवसाय में सहायता करता था। अराधना को पढ़ने का बहुत शौक था। भाई नहीं चाहता था कि वह आगे पढ़े परन्तु पिता के कहने पर सुजाता ने अपनी पढ़ाई जारी रखी। दोनों बहनों ने थोड़ी बहुत पढ़ाई की थी। अब घर ही में रहकर सिलाई-कढ़ाई सीखा करती थी। अराधना और सुजाता पक्की सहेलियाँ थीं। हर छोटी बड़ी बात एक दूसरे से शेयर करना, एक दूसरे की मदद करना, कॉलेज साथ आना-जाना, इक्टठा काम करना सब इन दोनों सहेलियों का साथ ही होता था। एक दिन कालेज के एक लड़के से अराधना की मित्रता हो गई। यह जानकर सुजाता के पिताजी ने सुजाता और अराधना को अलग अलग कर दिया। अराधना का बीए

द्वितीय वर्ष था। अराधना के माता पिता ने अराधना की शादी उसी लड़के के साथ कर दी और अराधना शादी के बाद दिल्ली चली गई। सुजाता को परिवार वालों ने अराधना से बिल्कुल भी नहीं मिलने दिया। सुजाता के भाई को ऐसा लगा मानो कहीं सुजाता भी लव मैरिज की जिद ना कर बैठे। भाई ने अपने पिता को भड़का कर सुजाता के ना चाहते हुए भी उसकी पढ़ाई बीच में रुकवा दी और उसकी शादी कानपुर शहर ही में एक प्राइवेट कम्पनी में काम करने वाले कर्मचारी से तय कर दी। बड़ी मुश्किल से सुजाता ने रो रोकर बीए पास किया। माँ और बेटियों की घर में कोई नहीं सुनता था। सुजाता की भी शादी कर दी गई। मुकेश एक प्राइवेट कम्पनी में काम करने वाला लड़का था। वह भी परिवार में अकेला ही बेटा था। एक बहन थीं। उस का विवाह हो चुका था। सास ससुर थे। शुरू में कुछ दिनों तक तो सब ठीक चलता रहा। फिर सुजाता ने महसूस किया कि मुकेश का चाल-चलन सही नहीं है। वह शराब पीता है। बाहर की महिलाओं से भी उसके सम्बंध हैं। उसने सास को यह बात बताई तो उन्होंने हंसकर जवाब दिया,–''यह तो मर्दों का शौक होता है बहू।''

''ऐसा करो मुझे एक पोता दे दो सब ठीक हो जायेगा। ''सुजाता ने धीरे से कहा–''अगर बेटी हो गई तो?''

''तो हम उसके होने से पहले ही उसे मार डालेंगे।'' सास की आवाज से ऐसा लगा मानो आग बरस रही हो। सुनकर सुजाता घबरा गई। और बिना कुछ कहे अपने कमरे में चली गई। रात में उसने मुकेश से वह सब कहा जो सास ने कहा था। मुकेश ने कहा–''नहीं, सुजाता तुम चिंता मत करो। हमारे बेटी कभी नहीं होंगी''

ऐसी बात सुनकर सुजाता और परेशान हो उठी। दो दिन बाद सुजाता को पता चला कि वह गर्भवती है। उसने डर से यह बात किसी को नहीं बताई। पर ऐसी बातें कहाँ छुपती हैं। एक दिन रसोईघर में काम करते समय उसे चक्कर आ गए और वह बेहोश होकर गिर पड़ी। तब डॉक्टर ने बताया कि वह गर्भवती है। अब तो मुकेश सास, ससुर सुजाता को

सुबह शाम यही कहते रहते,– ‘‘पोता ही होना चाहिए।’’ पर होता वही है जो ईश्वर चाहता है। सुजाता ने एक पुत्री को जन्म दिया। ससुराल में जैसे मातम छा गया। सुजाता को एक गिलास पानी तक नसीब नहीं हुआ। आराम तो बहुत दूर की बात थी। ससुराल में सबका रंग बदल गया। कोई सुजाता से सीधे मुँह बात भी नहीं करता था। यह बच्ची किरण थी। दादा–दादी ने कभी इसे हाथ तक नहीं लगाया था। मुकेश तो उसकी तरफ देखता तक नहीं था। जो भी घर में रूखा–सूखा भोजन बचता। वही सुजाता को खाने को दिया जाता था। एक बार अपने मायके में सुजाता ने अपनी माँ से यह सब कहा भी था पर सुजाता की माँ के पास भी कोई उत्तर नहीं था। उसके बाद कभी सुजाता ने किसी से कोई शिकायत नहीं की। एक वर्ष बीता भी नहीं था कि सास ने मुकेश की जान खानी शुरू कर दी कि हमें पोता चाहिए।

किरण ने अभी चलना भी शुरू नहीं किया था कि ना चाहते हुए भी सुजाता फिर गर्भवती हो गई। एक बार फिर से सुजाता की ससुराल में देख रेख होने लगी। इन सब बातों से अंजान किरण एक कोने मे पड़ी रहती थी।

सास ने मुकेश के कान भरने शुरू कर दिए कि सुजाता का भ्रूण चैक करवाओ। पर सुजाता ने हिम्मत दिखाकर मना कर दिया। मुकेश ने शराब पी हुई थी। मुकेश के आते ही सास ने उसे भड़का दिया। वह सुजाता के पास कमरे में गया और पहले सुजाता की पिटाई कर दी। फिर गुस्से से बोला–‘‘तू क्या समझती है अपने आपको? ‘‘अगर मेरी बात नहीं मानी तो तुझे बाजार में बेच आऊँगा और सब तेरी इज्जत का तार–तार कर देंगे।’’.........‘‘नहीं ! प्लीज ऐसा मत करना। मैं चली जाऊंगी तुम्हारी दुनिया से।’’

‘‘मत मारो मुझे मुकेश, ... मत मारो मुझे।’’....‘‘कहाँ जायेगी? मै तुझे जिंदा छोड़ूगा तभी जायेगी ना।’’ मुकेश ने एक नहीं सुनी और सुजाता को उस रात इतनी बेरहमी से मारा कि उसका गर्भपात हो गया। सास ने सुजाता को समझाया कि ‘‘बहू, हम एक पोता चाहते हैं वह हमें दे दो फिर चैन से इस

घर में रानी बनकर रहना।'' सुजाता किरण को बाहों में लेकर खूब रोई। उस दिन उसे अराधना बहुत याद आ रही थी। पर क्या करती? वह मजबूर थी। मुकेश बाहर से शराब पीकर आने लगा। अब वह सुजाता का कोई सम्मान नहीं करता था। सास कहती–''एक पोता चाहिए।'' सुजाता इतनी कमज़ोर हो चुकी थी कि डॉक्टर ने उसे तीन–चार वर्षों तक बच्चे के लिए मना कर दिया था। ससुराल में घर का सारा काम करना और किरण का ध्यान रखना ही सुजाता का काम था। मुकेश का जब मन करता वह सुजाता की पिटाई कर देता था। वह कई बार सुजाता के साथ निर्दयतापूर्ण सम्बंध भी बनाता था जिससे सुजाता खून के आँसू पीकर रह जाती थी। बार बार सुजाता यही सोचती कि क्या औरत का जन्म इसीलिए होता है? सास ससुर उसे उकसाते रहते थे। अब किरण पाँच वर्ष की हो चुकी थी और सुजाता उसका स्कूल में दाखिला करवाना चाहती थी। पर सास ने मना कर दिया कि लड़कियों को हमारे यहाँ नहीं पढ़ाया जाता। सुजाता ने इस बात का विरोध किया तो मुकेश ने सुजाता की बेल्ट से पिटाई कर दी। किरण बहुत रोयी और माँ से लिपटकर बोली माँ,–''चलो यहाँ से चलते हैं।''

सुजाता किरण को सबसे छुपकर घर ही में थोड़ा बहुत पढ़ाने लगी। अब सात साल की किरण काफी कुछ समझने लगी थी। वह मुकेश को बिल्कुल पसंद नहीं करती थी। उसे पापा नहीं कहती थी। कुछ महीनों बाद सुजाता फिर गर्भवती हो गई। फिर वहीं भ्रूण जाँच वाली बात घर में उठी। सुजाता ने हिम्मत दिखाई और मना कर दिया। मुकेश ने सुजाता से कहा–''अगर तुमने मेरी बात नहीं मानी तो मैं दूसरी शादी कर लूँगा।'' सुजाता ने किरण का हाथ पकड़ा और कहा–''बहुत हो गया, अब और नहीं।''

''मेरे लिए मेरी बेटी ही मेरा सम्मान है। तुम्हें करनी है शादी तुम करो।'' कहकर वह कमरे में चली गई। कुछ दिनों बाद मुकेश दूसरी औरत घर ले आया। सास ससुर बहुत खुश थे।

अब सुजाता पर और अत्याचार होने लगे। उस औरत का सारा काम गर्भवती सुजाता ही को करना पड़ता था। एक

अपराजिता

दिन मुकेश ने सुजाता को इशारा करते हुए कहा,–‘‘चलो जाँच करा लो। फिर रहना आराम से घर में।’’ सुजाता ने साफ इंकार कर दिया। अवसर देख मुकेश और सास ससुर ने सुजाता और किरण को घर से बाहर निकाल दिया। गर्भवती सुजाता किरण को लेकर अपने मायके पहुँची। वहाँ भाई और भाभी ने उसे घर में नहीं आने दिया। अब घर में माता पिता की भी नहीं चलती थी। सड़कों पर भटकते-भटकते सुजाता ‘‘आशियाना’’ अनाथाश्रम के बाहर चक्कर खा कर गिर पड़ी। अंदर से रामकली नाम की एक महिला आई। सुजाता और किरण को सहारा दिया। उन्हें आश्रम में रहने की जगह दी। किरण का स्कूल में दाखिला करवाया। अनाथाश्रम के और बच्चे भी विद्यालय जाते थे। किरण भी उन सबके साथ जाने लगी। कुछ महीनों बाद सुजाता ने एक और बेटी को जन्म दिया। राम कली बहुत खुश हुई और उसका नाम ‘‘नैना’’ रख दिया। अब सुजाता आश्रम में रामकली की बेटी बनकर सारा काम संभालती थी। उसे सिलाई-कढ़ाई करनी आती थी। वह बच्चों के कपड़े सिलने लगी। वहाँ आस-पास रहने वाली लड़कियों को सिलाई सिखाकर पैसे कमाने लगी। फिर उसने छोटे बच्चों को ट्यूशन भी पढ़ाना शुरू कर दिया। जो भी कमाती सब आश्रम और नैना, किरण पर खर्च कर देती थी। सुजाता बहुत मेहनती थी। रामकली को अम्मा कहती थी। जैसे-जैसे बच्चियाँ बड़ी हुई उनके खर्चे भी बढ़ने लगे।

अब सुजाता ने एक दो घरों में खाना बनाने का काम भी पकड़ लिया। नैना और किरण पूरी तरह से सुजाता का साथ देती थीं। किरण जब से पैदा हुई थी दुख ही दुख देखे थे। जानती थी कि सुजाता कितने कष्ट उठा रही है। किरण ने खूब मेहनत की और पढ़ाई में अच्छे नंबर लाने के कारण सरकार की तरफ से उसे छात्रवृत्ति दी गई। अब किरण ने और मेहनत करनी शुरू कर दी। किरण भी बच्चों को ट्यूशन पढ़ाने लगी।

अनाथाश्रम की स्थिति भी पहले से काफी सुधर चुकी थी। अब तक नैना भी काफी बड़ी हो गई थी। उधर रामकली की अपनी विधवा बेटी ने एक बच्ची को जन्म दिया परन्तु

रामकली की बेटी की मृत्यु हो गई। उस बच्ची को सुजाता ने गोद ले लिया। वही बुलबुल थी। सुजाता का एक ही सपना था कि वह अपनी बेटियों को आत्मनिर्भर बनाएं। सुजाता अपने अतीत की छाया उन पर नहीं पड़ने देना चाहती थी।

कभी-कभी सिलाई करते हुए काफी रात हो जाती थी तो रामकली उसको आकर सुला देती थी। सुजाता को अपनी माँ से भी कभी इतना प्यार, स्नेह नहीं मिला था, जितना रामकली से मिलता था। ऐसे ही समय बीतता गया और अपने परिश्रम से किरण एक वकील बन गई। उसे अच्छी नौकरी भी मिल गई। अब वह जो भी कमाती थी सब जोड़कर रखती थी क्योंकि नैना का सपना डॉक्टर बनना था और मेडिकल की पढ़ाई में अधिक फीस लगती है। सुजाता निरन्तर अपना काम करती रहती थी। अब उसे बाहर से भी सिलाई के ऑर्डर मिलने लगे थे। पहले से स्थिति काफी अच्छी हो चुकी थी। सुजाता के बाल पकने शुरू हो गए थे। चेहरे पर झुर्रियां चमकने लगीं थी पर अभी भी मेहनत से पीछे नहीं हटती थी। उसकी और किरण की मेहनत रंग लाई। नैना डॉक्टर बन गई। नैना को अभी तक सच्चाई का कुछ पता नहीं था वह यही सोचती थी कि यह नानी का घर है। अब नैना भी एक प्राइवेट अस्पताल में नौकरी करने लगी थी। दो वर्षों में बेटियों ने एक छोटा सा घर खरीद कर सुजाता को दिया। सुजाता को विश्वास ही नहीं हो रहा था कि बेटियों ने बहुत बड़ी खुशी सुजाता को दी है। आज उसे अपनी बेटियों पर गर्व हो रहा था।

कुछ प्रश्नों ने सुजाता को आकर घेर लिया। ''फिर क्यूँ समाज वारिस का गीत गाता रहता है? क्यों एक बहू को आशीर्वाद स्वरूप ''दूधो नहाओ पूतों फलो'' कहा जाता है?''

''क्या फर्क है दोनों में? बेटा-बेटी एक समान ही तो होते हैं। कब समझेगा समाज और देश, यह बात? ''आज सुजाता को अपने ऊपर गर्व हो रहा था कि उसने अपनी बेटियों को सुरक्षित रखा। आज बेटियों ने उसे ''नई पहचान'' दिलाई।

सुजाता आश्रम छोड़कर नहीं जाना चाहती थी पर अम्मा

के कहने पर नैना, किरण और बुलबुल को लेकर दूसरे घर में चली गई। बेटियों की मेहनत रंग लाई और आज घर में सब सुख सुविधा मौजूद थी। सुजाता ने जीवन के तीस-बत्तीस साल आँसुओं के साथ ही गुजारे थे। पर आज भी सुजाता किसी को नहीं भूली है। सुजाता आज भी अपनी सेवा आश्रम को दे रही थी। जब सुजाता अपनी कहानी सुना रही थी, अराधना निरन्तर रो रही थी। उसने सपने में भी कभी नहीं सोचा था कि उसकी पक्की सहेली का जीवन ऐसा दर्दनाक होगा। ''बाकी सब तुम्हारे सामने है अराधना।''

''मुझे इस बात की खुशी है कि मैंने अपनी बेटियों के साथ कोई अन्याय नहीं होने दिया।''

''मेरी बेटियाँ मेरी नई पहचान है।'' अराधना ने सुजाता का साथ अब कभी नहीं छोड़ने का वादा किया। अराधना ने किरण और आकाश से रिश्ते के बारे मे पूछा तो उन्होंने 'हाँ' में सिर हिला दिया। अराधना और आकाश चले गए। अगले दिन सुबह के समय सुजाता बहुत खुश थी। उसे लग रहा था कि शायद उसका दूसरा जन्म हुआ है। एक तो अराधना का मिलना, दूसरे किरण की शादी तय होना। पर ईश्वर की इच्छा के आगे किसी की नहीं चलती। सुजाता के हाथ में हल्की सी चोट लग गई और किरण आफिस जाते समय सुजाता को नैना के अस्पताल में छोड़ आई। वहाँ नैना ने सुजाता के हाथ में पट्टी बांध कर उसे वहीं आराम करने को कहा। इतने में नैना को नर्स बुलाने आई और बोली कि जो नया पेशेंट आया है उसे होश आ गया है। नैना मरीज से मिलने उसके कमरे में गई। जल्दी जल्दी में नैना अपना स्टैथेस्कोप सुजाता के पास ही भूल गई। सुजाता ने नैना को आवाज लगाई है पर नैना जल्दी में होने के कारण सुन नहीं पाई। सुजाता अपने हाथ में स्टैथेस्कोप उठाकर नैना को देने उसके पीछे गई। वह जैसे ही कमरे में आकर नैना को स्टैथेस्कोप देने लगी उसकी निगाह बैड पर लेटे मरीज पर पड़ती है। ''मुकेश''.....ओह नहीं... ऐसा नहीं हो सकता। आज इतने वर्षों बाद वह मुकेश को देख रही थी। सुजाता को एक झटका सा लगा। नैना ने सुजाता को

कहा-‘‘मम्मा आप यहाँ क्यूँ आईं? मैं नर्स से मंगवा लेती।’’ मुकेश ने नैना और सुजाता को देखा तो उसकी आँखों में आँसू आ गए। वह कुछ कहना चाहता था पर नैना ने उसे आराम करने को कहा। शाम को सुजाता नैना ही के साथ घर आ गई। पर वह चैन से सो नहीं पाई। उसने अराधना को फोन करके सारी बात बताई।

अराधना को बहुत गुस्सा आया। पर उसने सुजाता को समझाया कि बच्चों को इस विषय मे कुछ मत कहना। अगले दिन मुकेश ने नैना से सुजाता के बारे में पूछा। नैना को बड़ी हैरानी हुई। नैना ने उसकी बात काटते हुए कहा-

‘‘अब अंकल आप कैसा महसूस कर रहे हैं?’’

‘‘बिटिया तुम्हारे हाथों से दवाई खाकर मैं काफी हद तक ठीक हो गया। एक काम करोगी बिटिया मेरा?’’

‘‘जी, अंकल कहिए।’’ ‘‘एक बार अपनी माँ से बात करा दो मेरी। ‘‘शाम को घर आकर नैना ने सुजाता को यह बात बताई। किरण समझ गई और सुजाता से बोली-‘‘माँ, आपको वहाँ जाने की कोई जरूरत नहीं है।’’ सुजाता ने कहा-‘‘नहीं बेटा क्या पता वह हमसे क्या कहना चाह रहे हों? ‘‘किरण ने कहा-‘‘ठीक है फिर मैं भी साथ चलूंगी।’’ सुजाता ने किरण को मना किया पर वह नहीं मानी। अगले दिन वह दोनों अस्पताल पहुँच गईं। किरण दरवाजे पर ही खड़ी थी। नैना दूसरे मरीजों को देखने गई हुई थी। मुकेश बैड पर लेटा था और एक औरत वहीं पास में कुर्सी पर बैठी थी। सुजाता को देखते ही मुकेश की आँखों से आँसू बहनें लगे और वह सुजाता से हाथ जोड़कर माफी माँगने लगा।

‘‘तुम ठीक कहती थीं सुजाता ....बेटियाँ बेटों से बहुत अच्छी होती हैं।’’ सुजाता चुप थी।

‘‘तुम्हारे जाने के बाद मेरे तीन बेटे हुए पर आज तीन बेटों के होने के बाद भी मैं अकेला हूँ। बेटों ने हमें घर से बाहर निकाल दिया।’’

किरण जो अब तक चुप थी, थोड़ा अंदर आई और बोली–‘‘आप जैसे लोगों की वजह ही से समाज में आज लड़के और लड़की के बीच फर्क किया जाता है। आप ने कभी नारी जाति का सम्मान नहीं किया। आज आपकी हालत आपके किए कर्मों का ही फल है।’’

‘‘तुम सही कह रही हो बेटी।’’ मुकेश ने कहा

‘‘मत कहो इसे बेटी।.....तुम यह अधिकार कब का खो चुके हो। तुमने मुझे अपमान के सिवा कभी दिया ही क्या है? तुम तो मेरी बेटियों को भी मार देना चाहते थे। आज इन्हीं बेटियों से मुझे नई पहचान मिली है।’’

सुजाता के सीने मे आग दहक रही थी।

एक के बाद एक दर्द उभर कर उसके चेहरे पर साफ झलक रहा था। ‘‘माँ ने हमारे लिए कितने दुख उठाए वह हम ही जानते हैं। अपना पूरा जीवन आँसुओं में बिताया पर हम दोनों बहनों को काबिल बना दिया।’’ किरण ने कहा।

‘‘और, बेटों ने आपकी पहचान आप ही से छीन ली।’’

पीछे से आती आवाज को सुनकर किरण और सुजाता चौंक पड़ीं। उन्होंने पीछे पलटकर देखा।

पीछे आँखों में गुस्सा लिए नैना खड़ी थी। अब सुजाता, नैना और किरण तीनों के सामने मुकेश हाथ जोड़कर एक अपराधी की तरह बैड पर लेटा था और उसके पास शब्द ही नहीं थे कि वह कुछ कह सके। फिर भी उसने साहस बटोरकर कहा–‘‘आज मैं संसार के सब पिताओं से एक बात कहना चाहता हूँ कि अगर हमें जीवन मे खुशियाँ चाहिए तो बेटियों को प्यार से गले लगाना सीखो। ....बेटों का मोह त्याग दो।’’

‘‘मैंने अपने जीवन में बहुत पाप किए हैं आज उन्हीं का फल मुझे मिल रहा है। मेरा अपराध माफी के लायक तो नहीं है पर फिर भी अगर हो सके तो मुझे माफ कर देना। ‘‘सुजाता, किरण और नैना ने कोई उत्तर नहीं दिया और वहाँ से तीनों घर आ गईं। कुछ दिनों बाद मुकेश भी अस्पताल से चला गया।

अपराजिता

शिक्षाः–

यदि नारी ममता की मूर्ति है तो दया का सागर भी है। कोमल हृदय वाली है तो आवश्यकता पड़ने पर दुर्गा–काली भी है।

हमारे समाज से भ्रूण हत्या की समस्या उस दिन समाप्त हो जायेगी जिस दिन नारी जाति द्वारा इसका सख्ती से विरोध किया जायेगा। एक नारी के आत्मविश्वास, आत्मसम्मान, दृढ़ निश्चय, दृढ़ संकल्प के आगे कोई भी मुसीबत अधिक दिनों तक नहीं ठहर सकती। सुजाता ने बहुत कठिनाइयों का सामना किया परन्तु अपने मार्ग से विचलित नहीं हुई और आज बेटियों के कारण ही उसे समाज में ''नई पहचान'' मिल पाई।

एसिड अटैक

क्या लिखूं
उस लड़की की तकदीर के बारे में?
कुछ भी तो नहीं कहने को,
सिवाय आसूँओं के।

एक बेटी कर ही क्या सकती है?
जब काट दिए जाते हैं पंख उसके।
उस पर कर दी जाती है
बौछार तेजाब की।

क्या कहूँ?
उसकी तकदीर के बारे में।
तेजाब में लिपटा शरीर
उफ्फ! कितना दर्द देता है,
नारी को जीवित होकर भी
मरने को मजबूर कर देता है।

पुरुषों को जन्म देने वाली नारी, काश !
यह जान पाती पहले कि, आगे चलकर,
क्या रूप धारण करने वाला है यह पुरुष?
तो शायद कभी जन्म ना देती ऐसे पुरुष को।

क्या लिखूं
उस लड़की की तकदीर के बारे में?
कुछ भी तो नहीं कहने को,
सिवाय आँसुओं के।

हमें और आप सभी को आए दिन ऐसी अप्रिय घटनाएँ, समाचार सुनने और पढ़ने को मिल जायेंगे कि कुछ गुंडे युवक कुछ लड़कियों को हासिल करना चाहते हैं। उन्हें जबरदस्ती अपना बनाना चाहते हैं। उनसे प्रेम करना चाहते हैं। उनसे जबरन विवाह करना चाहते हैं। यदि लड़की उनका विरोध करती है तो वे उस पर एसिड डाल देते हैं। युवती का मुँह, आँखे सब खराब हो जाती हैं। एसिड एटैक बहुत खतरनाक होता है।

'एसिड' अगर किसी पर गलती से भी डल गया तो समझो उसका शरीर या शरीर का वह हिस्सा फिर पहले जैसा नहीं रह पायेगा।

एसिड अटैक की बात करते ही,

धड़कनें बढ़ जाती हैं।

जिसके साथ बीती यह घटना,

समझो, उसकी तो ज़िंदगी ही बदल जाती है।

ना रहती इधर की, ना उधर की नारी,

ना जाने क्यों युवको की हिम्मत बढ़ जाती है?

बात करते हैं सुनील और पुष्पा की। सुनील और पुष्पा एक ही स्कूल में पढ़े और बड़े हुए। कॉलेज भी साथ ही जाते थे। पुष्पा को नहीं पता था कि सुनील उसे मन ही मन चाहने लगा है। पुष्पा किसी और लड़के की तरफ आकर्षित हो गई। सुनील को जब यह बात पता चली, उसने भरे बाजार में पुष्पा के मुँह पर तेजाब फेंक दिया। वह बुरी तरह झुलस गई। अब पुष्पा घर के अंदर ही रहती है। उसका जीवन बरबाद हो चुका है। सुनील की इस हरकत से आपको क्या ऐसा लगता है कि वह पुष्पा से सच्चा प्रेम करता होगा? ऐसा लड़का सिवाय अपने स्वार्थ के और कुछ नहीं कर सकता। बात तो तब होती जब वह झुलसी हुई लड़की पुष्पा को अपनाता और उसे वैसे ही प्यार करता जैसा कि वह पहले किया करता था और उसके बारे में पहले सोचा करता था। लड़का तेजाब डालकर अपने मन की भड़ास निकाल लेता है पर पीछे छोड़ देता है तड़पती, बेबस नारी को। एक बार जरा उस नारी की पीड़ा को महसूस

तो करके देखे पुरुष। अगर वह लड़की उसके परिवार की होती तो उस पुरुष पर क्या बीतती?

आजकल तो यह आम बात हो गई है। हद तो तब और ज्यादा हो जाती है, जब एक पुरुष किसी विवाहित स्त्री के ही पीछे पड़ जाता है। शादी शुदा स्त्री का ख्याल मन में लाना ही रौंगटे खड़े कर देने जैसा अहसास है। पर फिर भी कुछ युवक ऐसा करते हैं।

आज मैं आपको ऐसे ही सिरफिरे युवक अनुज के बारे में बताती हूँ।

अनुज एक प्राइवेट कम्पनी में मैनेजर की पोस्ट पर कार्यरत था। उसके नीचे पन्द्रह लड़के लड़कियाँ काम करते थे। उनमें साक्षी भी एक महिला थी, जो वहाँ काम करती थी। साक्षी की शादी हो चुकी थी। सभी उसे सम्मान की दृष्टि से देखा करते थे। साक्षी का व्यवहार सभी के साथ बहुत मधुर था। अनुज को साक्षी की हंसी बहुत पसंद थी। वह जो भी काम साक्षी को देता, साक्षी बिना कोई आना-कानी किए दो दिन में काम पूरा कर उसके सामने रख देती थी। अनुज अभी कुँवारा था। उसके माता पिता उसके लिए लड़की तलाश कर रहे थे। एक दिन ऑफिस में कोई काम करते समय अनुज के हाथ में चोट लग गई। साक्षी ने ही उसके हाथ पर पट्टी बांधी थी। क्योंकि वह शादी शुदा महिला थी तो सभी उसको पूर्ण सहयोग करते थे। कोई भाभी कहता तो कोई दीदी। शादी शुदा नारी की तरफ कोई आँख भरकर भी देखना पसंद नहीं करता था। इसलिए साक्षी ने ही अनुज के हाथ में पट्टी बाँध दी थी। परन्तु अनुज ने अपना खिंचाव साक्षी के प्रति महसूस किया। अब वह साक्षी के साथ दोपहर का लंच भी करता था और कभी-कभार कैंटीन मे दोनों कॉफी भी पी लेते थे। साक्षी शादी शुदा थी तो उसके पति को भी इसमें कोई बुराई नजर नहीं आती थी। समय बदलता रहा और अनुज का आकर्षण साक्षी के प्रति और अधिक बढ़ता चला गया। अनुज के लिए उसके माता पिता जो भी लड़की शादी के लिए देखते अनुज उसे रिजेक्ट कर देता था। अब उसे सोते जागते केवल साक्षी ही दिखाई देने लगी।

ऑफिस में साक्षी के अतिरिक्त चार महिलाएँ और भी थीं वे यह सब देखती और साक्षी को आगाह करती थीं कि पुरुषों का कभी विश्वास नहीं करना चाहिए। परन्तु साक्षी हंसकर कहती कि, ''अनुज सर को पता है मेरी शादी हो चुकी है।'' एक दिन साक्षी का पति दीपक उससे मिलने आया। जिसे देखकर अनुज को बहुत बुरा लगा। पहली बार उसे दीपक से जलन हुई। उसने खुद पर नियंत्रण रखा और सही समय आने की प्रतीक्षा करने लगा। एक दिन अनुज ने साक्षी को ''आइ लव यू'' बोल दिया। तब साक्षी ने सबके सामने अनुज के गाल पर एक चाँटा मार दिया और नौकरी छोड़कर चली गई। बात यहीं समाप्त नहीं हुई। अनुज साक्षी के घर पहुँच गया और दीपक से साफ-साफ शब्दों मे कह दिया कि वह और साक्षी एक दूसरे से बहुत प्यार करते हैं। तब दीपक ने अनुज का बहुत अपमान किया और उसे घर से बाहर निकाल दिया। साक्षी दीपक के गले मिलकर बहुत रोई और ''अनुज झूठ बोल रहा है'' कहती रही। दीपक ने साक्षी को समझाया कि, ''मैं जानता हूँ वह झूठ बोल रहा है। साक्षी तुम चिंता मत करो।''

दीपक और साक्षी अनुज के माता पिता से मिलने गए। उन्होंने अनुज को किसी साइकेट्रिस्ट से इलाज करवाने की सलाह दी। जब अनुज को पता चला कि दीपक और साक्षी उसके माता-पिता से मिलने आए थे, तब वह बहुत क्रोधित हुआ और उसने गुंडो की सहायता से साक्षी को सबक सिखाने का प्लान बनाया।

एक दिन साक्षी अपने बेटे को स्कूल छोड़कर आ रही थी। वहीं अनुज ने गुंडो के साथ मिलकर साक्षी पर एसिड अटैक करा दिया और भाग खड़े हुए। दीपक को किसी मित्र ने फोन करके बताया तब साक्षी को अस्पताल में एडमिट करवाया गया। उसका इलाज हुआ। पर उसका एक हाथ और पैर का ऊपरी हिस्सा पूरी तरह जल चुका था। मुँह बच गया था। अनुज पर कार्यवाही हुई। उसके माता-पिता ने भी गवाई देते हुए अनुज को अपराधी बताया। अनुज जेल चला गया। यहाँ अनुज जेल इसलिए गया क्योंकि सबने उसकी गलती को गलती कहा और

माना। उसके माता पिता ने भी साक्षी का ही साथ दिया। परन्तु ऐसे कितने अनुज होंगे जो खुली हवा में घूम रहे होंगे? जिनसे लड़कियाँ आज भी परेशान हैं? महिला सड़क पर छेड़ी जाती है। अगर वह गुंडो को उलटा जवाब देती है। उनकी गलत बात का विरोध करती है तब उस पर इस प्रकार का हमला किया जाता है। उसका रेप किया जाता है। आजकल तो रेप के साथ-साथ जलाना और हत्या करने की घटनाएँ भी काफी बढ़ गई हैं।

आखिर कब तक इस तरह के मजनूं जबरदस्ती किसी महिला को अपना बनाने का असफल प्रयास करते रहेंगे? आखिर कब तक औरत यह सब सहन करती रहेगी? आखिर कब अंत होगा इन अत्याचारों का? कब समाप्त होगा यह एसिड का खतरनाक खेल? इन प्रश्नों का उत्तर शायद ही किसी के पास हो।

बलात्कार या रेप

बलात्कार हो गया नारी का तो
समाज उससे क्यूँ कतराता है?
नारी का क्या दोष इसमें?
समाज क्यूँ उसे चिढ़ाता है?
अपराधी घूमते स्वतंत्रता पूर्वक,
उनका कुछ नहीं जाता है।
नारी थी कम वस्त्रो में,
कहकर कमी बताता है।

''बलात्कार'' एक ऐसा शब्द जिसके बारे में आज हर कोई जानता है। पहले यह शब्द इतना प्रचलित नहीं था परन्तु आज कोई भी समाचार पत्र उठाकर देख लीजिये या न्यूज़ की हेडलाइंस सुन लीजिए प्रतिदिन इस तरह का समाचार सुनने व पढ़ने को मिल ही जायेगा। बड़े बुजुर्गों का कहना है कि पहले छोटी बच्चियाँ सुरक्षित हुआ करती थीं। उनके साथ इस प्रकार का कांड नहीं होता था। लोग उन्हें निश्चित होकर बाहर खेलने भेज दिया करते थे। परन्तु आज परिस्थतियाँ ऐसी हो गई हैं कि कन्या बड़ी हो या छोटी, विवाहित हो या सत्तर वर्ष की महिला कोई भी सुरक्षित नहीं है। माँ, बहन, बेटी, पुत्री कोई भी सुरक्षित नहीं है। बल्कि यह कहना सही होगा कि अपनी हवस मिटाने वाला उम्र नहीं देखता, उसे तो अपना मज़ा दिखता है। किसी के घर कोई भी अपनी बेटी छोड़कर नहीं जाता क्योंकि क्या पता, कब, कौन सा हादसा उसके साथ घटित हो जाए? आजकल बाहर वालों से अधिक खतरा घरवालों का है। कब किसकी नीयत बदल जाए। पिछले दिनों एक न्यूज़ पढ़कर सभी की आँख भर आई थीं। एक शादी में एक माँ ने अपने रिश्तेदार को थोड़ी देर के लिए अपनी बेटी संभालने के लिए पकड़ाई थी। मुश्किल से एक-डेढ़ वर्ष की रही होंगी रिश्तेदार उसे बहलाने के बहाने बाहर ले गया और उसे अपनी हवस

का शिकार बना डाला। जब अपने ही अपनों को नहीं छोड़ते तो दूसरो को क्या दोष दें?

नीता और मीता दो बहनें थीं। आज दोनों लगभग दस व बारह वर्ष की हो चुकी थीं। बचपन में ही उनके पिता का देहांत हो चुका था। उनकी माँ के परिवारवालों ने जबरदस्ती माँ का दूसरा विवाह करा दिया था। नये पिता प्यारे लाल फलों की दुकान पर काम करते थे। गुजारे लायक पैसे मिल जाते थे। नये पिता से भी तीन बच्चे और पैदा हुए थे। दो पुत्र और एक पुत्री। कुल पाँच बच्चे। अब प्यारे लाल ने अपनी पत्नी से कहा कि वह भी घरों में काम करना शुरू कर दे क्योंकि परिवार बढ़ने के कारण आमदनी थोड़ी कम पड़ रही है। नीता और मीता बड़ी बहनें थीं। वे घर संभालने लगीं। छोटे दो बच्चे स्कूल जाते, एक बेटा घर ही में रहता क्योंकि वह काफी छोटा था। वे दोनों उस बच्चे को संभालतीं, घर का काम करतीं, खाना आदि बनाती थीं। एक बार उनकी माँ को, जहाँ वह काम करने जाती थी, वहाँ की मालकिन ने अपने पास रोक लिया क्योंकि उनके घर में शादी थी। काम अधिक था। रात को जब प्यारे लाल आया, देखा घर में बच्चों की माँ नहीं है। उसने कारण जानने के बाद कुछ नहीं कहा और खाना खाकर अपने कमरे में सोने चला गया। रात को जब सब सो गए उसने बड़ी बेटी नीता को आवाज लगाई और अपने सिर मे दर्द होने का बहाना बनाने लगा। नीता आकर उसके सिर की मालिश करने लगी। थोड़ी देर बाद उसने नीता को पकड़ लिया और बिस्तर पर जबरदस्ती लिटा लिया। पूरी रात वह नीता के शरीर से खेलता रहा। एक बारह साल की बच्ची ने बहुत कोशिश की खुद को बचाने की पर पिता के रूप मे उस राक्षस से बच नहीं पाई। अगले दिन प्यारे लाल ने नीता को धमकी दी कि अगर यह बात किसी को बताई तो उसकी माँ और छोटी बहन मीता को वह मार डालेगा। नीता बेचारी डर गई। उसे माँ और बहन के खो जाने का डर सताने लगा। वह चुप रही। किसी को कुछ नहीं बताया। अब तो वह दरिंदा आए दिन नीता का रेप करता रहता था। कभी-कभी काम से छुट्टी लेकर दिन में घर आ जाता तो कभी रात को अवसर देखकर। अब उसको लत लग चुकी

थी। एक बार नीता अपनी माँ के साथ काम पर गई हुई थी। घर में प्यारे लाल और मीता ही थे। प्यारे लाल ने मीता को अंदर कमरे में ले जाकर रस्सियो से बांध दिया और उसके साथ भी वही किया, जो नीता के साथ करता था। मीता बहुत रोई। उसका शरीर खून से लथपथ हो गया। पर प्यारे लाल को जरा भी तरस नहीं आया। मीता तो समझ भी नहीं पाई कि उसके साथ क्या किया जा रहा है? प्यारे लाल ने मीता को बाथरूम में ले जाकर उसपर पानी डाल दिया और सारा खून बह गया। मीता रोती रही पर कौन सुनता वहाँ उसकी आवाज? प्यारे लाल ने मीता को भी किसी को कुछ नहीं बताने के लिए धमकी दी। अब यह सब आम बात हो चुकी थी।

यही नहीं, इसके अतिरिक्त कभी कभी प्यारे लाल अपने साथ कुछ मित्रों को भी घर ले आता था। उनसे पैसे लेकर कभी मीता तो कभी नीता का बलात्कार करवाता था। दोनों बेटियाँ घुट-घुटकर जी रही थीं। परिवार को बचाने के चक्कर में दोनों कुछ भी नहीं कर पा रही थीं। घर का पूरा काम और प्यारे लाल की हवस का शिकार। उन्हें ऐसा लगने लगा था मानो ज़िंदगी यहीं सिमट कर रह गई हो। इन सब बातों से बेखबर थी उनकी माँ, क्योंकि माँ को तो यही लगता था कि ''पिता'' पिता होता है। वह अच्छा और भला इंसान है। पाप का घड़ा एक ना एक दिन फूटता अवश्य है। एक दिन अचानक नीता को उल्टियाँ आनी शुरू हो गई। जब हालत अधिक खराब हो गई तो उसे अस्पताल ले जाया गया। जहाँ जाँच से पता चला कि नीता गर्भवती है। माँ और प्यारे लाल ने नीता पर कई तरह के आरोप लगा दिए। नीता की किसी ने कोई बात नहीं सुनी। पर छोटी बेटी मीता जो अभी दस वर्ष की ही थी। उससे अब कुछ भी छुपाया नहीं जा रहा था। उसने साफ-साफ सबकुछ बता दिया। मीता का भी चैकअप हुआ उसके साथ भी कई-कई बार दुष्कर्म की पुष्टि हुई। दोनों बच्चियों ने अस्पताल में लेडी डॉक्टर को आप बीती सारी घटना सुना दी। अब मामला पुलिस के पास चला गया। मुकदमा चला और सच सामने आ गया जिससे प्यारे लाल को जेल हो गई।

नीता, मीता, उनकी माँ और वे तीनों बच्चे सबका जीवन खराब हो चुका था। समाज में उनका सम्मान, काम सब कुछ छिन चुका था। वे लोग किसी दूसरे शहर में चले गये और वहीं मज़दूरी आदि कर अपना आगे का जीवन व्यतीत किया। कितने कष्ट, कठिनाई और परेशानी उठानी पड़ी इस परिवार को, केवल प्यारे लाल की गलत हरकत के कारण।

ऐसे ही कई और किस्से हैं जो घर ही में घर की बच्चियों के साथ हुए हैं। महिलाओं के साथ व विवाहिता के साथ भी। ससुर द्वारा बहू का बलात्कार, मामा द्वारा भांजी का बलात्कार, बॉस के द्वारा अपने ऑफिस की महिला कर्मचारी का बलात्कार। ये वो घटनाएँ हैं जो हमें दिख जाती हैं तो समाचार पत्र या खबरों का हिस्सा बन जाती हैं। उन स्थानों को देखिए जहाँ यह सब अंदर ही अंदर होता है और हो रहा है पर आजतक किसी को कुछ पता नहीं चल पाया। यदि एक औरत का बलात्कार होता है तो इसमें नारी का दोष कहाँ है? पुरुष को समाज कुछ नहीं कहता। पर नारी का जीना दुभर कर देता है। बलात्कारी आराम से सड़को पर मुँह उठाए घूमते हैं और नारी घर में अंदर कैद कर दी जाती है। बलात्कार की शिकार नारी को परिवार वाले मुँह बंद करने को कहते हैं। कोई स्त्री अगर आवाज उठाती भी है तो उसे मार दिया जाता है या बदनाम कर दिया जाता है। इससे बलात्कारी का साहस और भी बढ़ जाता है। यदि कानून सख्त कर दिया जाए तो काफी हद तक यह समस्या समाप्त हो सकती है।

ऐसे ही महक की बात करते हैं।

महक को बात बात में हसी मज़ाक करना अच्छा लगता था। वह स्कूल समय से ही काफी चुलबुली और हसमुख लड़की थी। अब कॉलेज में आ चुकी थी तो घर-परिवार वाले कहते थे कि महक थोड़ा रिजर्व्ड रहना सीखो। कम हसा और कम बोला करो। महक दिल की साफ लड़की थी। लड़के और लड़कियाँ दोनों से ही बात करती थी। महक की हसी मज़ाक की आदत के कारण कई लड़के उसकी तरफ आकर्षित भी हुए थे, जिनको महक ने स्पष्ट रूप से इंकार कर दिया था। एक बार उसकी

एक सहेली की जन्मदिन की पार्टी थी। सब क्लासमेट्स जा रहे थे तो महक को भी उसके माता-पिता ने सहेलियों के साथ भेज दिया। महक ने जींस, टॉप पहनी हुई थी। वहाँ महक अपनी आदत के अनुसार सभी से हंसकर बात कर रही थी। विनोद जो उससे काफी पहले से दोस्ती करना चाहता था पर महक उसे कई बार मना कर चुकी थी। आज वह फिर महक के पास आकर दोस्ती का हाथ बढ़ाने लगा। महक ने फिर मना कर दिया। विनोद ने चुपके से उसके जूस के गिलास में नशे की दवा मिला दी। जिसे पीकर महक को नींद आनी शुरू हुई। महक खुद को संभालने की काफी कोशिश कर रही थी। विनोद उसको गंदे तरीके से छूने लगा और अपने अन्य मित्रों को भी महक को टच करने के लिए कहा। विनोद महक को बार-बार कमरे में चलने को कहता रहा पर महक की जुबान पर ''नहीं'' ही आता गया। विनोद महक के साथ वहीं पार्टी में रेप करने की कोशिश करने लगा। महक ने एक चाँटा विनोद के गाल पर रसीद कर दिया। अचानक उसकी एक सहेली ने ऐसा करते देख जल्दी से महक को उन दरिंदो से छुड़वाया और उसके घर फोन किया। महक के भाई और पापा आकर महक को ले गए। घर परिवार वालों ने महक की ही गलती निकाली। क्योंकि वह एक लड़की थी। अब प्रश्न फिर वही आता है कि महक के कपड़ों के कारण लड़कों ने उसके साथ ऐसा किया या उसके हसी मज़ाक के तरीके ने?

इसका तो अर्थ यही हुआ कि एक लड़की को कभी भी बाहर घूमने-फिरने नहीं जाना चाहिए। अपनी पसंद के कपड़े नहीं पहनने चाहिए। किसी के साथ हंसकर बात नहीं करनी चाहिए। किसी की पार्टी में नहीं जाना चाहिए। मतलब लड़की को इस स्वतंत्र देश में परतंत्रता के साथ जीवन जीना आरम्भ कर देना चाहिए। तभी एक लड़की बच पायेगी। यह समस्या का समाधान नहीं है बल्कि ऐसा करने से समस्या घटने की बजाय बढ़ेगी। कभी किसी ने इस बात पर ध्यान दिया है कि गाँव देहात में तो लड़कियाँ पूर्ण रूप से ढके कपड़े पहनती हैं फिर उनका बलात्कार क्यूँ हो जाता है? वहाँ कोई मिनी स्कर्ट नहीं होती, जींस-टॉप नहीं होती फिर बलात्कार क्यों? बलात्कारी

कपड़े देखकर बलात्कार नहीं करता। उसे अपनी हवस मिटानी होती है। जो मिल गया उसी को अपना शिकार बना लेता है। इस समस्या का समाधान केवल यही है कि समाज के लड़कों को सुधारने का प्रयास करना चाहिए। उनकी परवरिश इस तरह से की जानी चाहिए कि अगर कोई लड़की सड़क पर मिनी स्कर्ट्स पहनकर चलती है तो लड़के आकर्षित ना हों। वे लड़के अपनी आँखों से सभी लड़कियों को समान रूप से सम्मान के साथ देखें। शादी, उत्सव, पार्टी आदि में जब तक लड़किया नहीं होती, रौनक ही नहीं आती।

घर परिवार में लड़कियों को डरना नहीं बल्कि निडरता से रहना व जीना सिखाना चाहिए।

सबसे महत्वपूर्ण बात लड़कियों में ''ना'' कहने की आदत होनी चाहिए। कुछ लड़कियाँ अपने बॉस के सामने झिझक के कारण नाजायज बात पर भी ''हाँ'' कह देती हैं वह नहीं होना चाहिए। ''ना'' मतलब ''नहीं''।

एक लड़की आत्मविश्वास के साथ आगे बढ़े, अपने निर्णय खुद ले, बिना किसी से डरे या बिना किसी के दबाव में आए। चाहे वह घर का कोई पुरुष हो, पति हो या फिर बॉस।

बिन ब्याही माँ

नारी नहीं होती स्वयं गर्भवती,

उसे गर्भवती बनाता है पुरुष।

उसका शील भंग कर,

उसे माँ बना देता है।

फिर अकेली वही क्यों

दोषी कहलाती है?

"बिन ब्याही माँ" की छाप

उसके ही सिर पर

क्यों मढ़ी जाती है?

पुरुष को क्यों नहीं पकड़ता समाज?

उसका दोष क्यों सामने नहीं आता?

"बिन ब्याही माँ" अगर कहलाती नारी

एक पुरुष भी "बिन ब्याहा पिता"

कहलाया जाना चाहिए।

बात करते हैं "बिन ब्याही माँ" की। मतलब एक ऐसी स्त्री जो शादी के बिना ही माँ बन गई हो। समाज द्वारा एक ऐसा कलंक स्त्री के मुँह पर लगा दिया जाता है जिसमें कोई उसका साथ देने को तैयार नहीं होता। सोचने की बात यह है कि क्या स्त्री स्वयं माँ बन सकती है? शादी होने के पश्चात या फिर बिना शादी के स्त्री जब माँ बनती है तो उसके लिए ज़िम्मेदार एक पुरुष ही होता है। वह या तो नारी को प्रेम में धोखा देता है या उसका बलात्कार करता है। फिर सारा दोष स्त्री के मत्थे ही क्यों मढ़ दिया जाता है? क्या औरत अकेले ही उस बच्चे के लिए जिम्मेदार है?

दूसरी बात अगर औरत उस बच्चे का अकेले पालन-पोषण करना चाहती है तो इसमें बुराई कैसी? फिर एक और सवाल

जो काफी पेचीदा है कि भविष्य में अगर विद्यालय में या कहीं भी बच्चे के पिता का नाम पूछा गया तो वह क्या नाम बतायेगी? यह भी एक डर औरतों को काफी डराकर रखता है। बार बार पिता का नाम पूछने व लिखने की समस्या। ऐसा नियम होना चाहिए जिसमें यदि महिला चाहे तो पिता का नाम लिखे, नहीं चाहे तो नहीं लिखें। कोई जबरदस्ती नहीं होनी चाहिए। बहुत से लोग कहते हैं कि एक औरत बच्चों को अकेले नहीं पाल सकती। अरे! कुछ फैसले उस माँ को भी तो लेने दो जिसने उसे नौ महीने अपने गर्भ में रखा है। एक पुरुष से अच्छी परवरिश एक माँ अपने बच्चों की कर सकती है। समाज में अन्य महिलाओं द्वारा ऐसी मजबूर, बेसहारा नारियों को सहारा देना चाहिए और उनका उत्साह बढ़ाना चाहिए, जो समाज की परवाह किए बिना अपने आपको आगे बढ़ा रही हैं। एक विधवा अपने बच्चों का पालन पोषण अकेले कर सकती है। पर एक विधुर पुरुष नहीं कर सकता। अधिकतर समाज यही कहता है कि पुरुषों को घर चलाने के लिए बाहर भी कमाने जाना पड़ता है तो आप इसे दूसरे तरीके से देखने का प्रयास कीजिए कि एक विधवा भी तो अपने बच्चों की परवरिश करने हेतु बाहर नौकरी करने निकलेगी। घर और बाहर दोनों कार्य एक नारी को भी करने पड़ेंगे फिर पुरुषों ही के लिए भला ऐसी हमदर्दी वाली बात क्यों कही जाती है? नारी के लिए क्यों नहीं?

बरखा को राहुल से प्यार हो गया। दोनों एक दूसरे के साथ शादी करना चाहते थे पर राहुल के परिवार वाले अपनी जाति में ही राहुल का विवाह करना चाहते थे। राहुल ठाकुर था और बरखा छोटी जाति की कन्या थी। राहुल ने अपने परिवार को काफी समझाया पर किसी ने एक नहीं सुनी। राहुल की शादी ठाकुर लड़की से तय कर दी गई और बरखा के घरवालों ने भी जल्दी जल्दी में बरखा का रिश्ता सतीश के साथ तय कर दिया। लड़का अच्छे परिवार का था। एक कम्पनी का मालिक था। अमीर, धन, दौलत सबकुछ था उसके पास। सगाई भी हो गई।

सतीश के आफिस में पार्टियाँ बहुत होती थीं। एक बार वह बरखा को अपनी पार्टी में ले जाने बरखा के घर आया तो

परिवार वालों ने मना कर दिया तब वह थोड़ा नाराज हुआ। सतीश के परिवार वालों ने कहा कि अब तो शादी होने वाली है। बच्चों को आपस में घूमने-फिरने दो। एक दूसरे को समझेंगे तो आगे जीवन में कठिनाई नहीं आयेगी। अगली बार बरखा सतीश के साथ उसकी ऑफिस की पार्टी में चली गई। सतीश ने बरखा को अपने सभी ऑफिस मैम्बर्स से मिलवाया। पार्टी खत्म होने के बाद वह बरखा को अपने साथ एक होटल में ले गया और उसे जबरदस्ती अपने साथ सम्बंध बनाने की जिद करने लगा। जिसे बरखा ने ठुकरा दिया और वहाँ से किसी तरह अपना हाथ छुड़ाकर घर वापिस आ गई। उसने सारी बात माता-पिता को बताई। अगले दिन सतीश के माता-पिता सतीश के साथ बरखा के घर आए और बोले कि हम यह रिश्ता तोड़ना चाहते हैं। हमारी होने वाली बहू ने सतीश पर विश्वास नहीं किया। समाज व खानदान के डर के सामने बरखा के माता-पिता ने क्षमा याचना की और सतीश को मना लिया। शादी की तैयारियाँ शुरू हो चुकी थीं। अगले सप्ताह बरखा और सतीश का विवाह था। सतीश बरखा को उसकी पसंद का लहंगा दिलवाने मार्किट गया। वहाँ उसने बरखा को फिर से होटल में चलने की जिद की। अब बरखा को लगने लगा कि दो दिन बाद तो शादी है ही। सतीश को नाराज करना सही नहीं होगा। चलो अब अगर सतीश के साथ सम्बंध बन भी जाते हैं तो कोई खास फर्क नहीं पड़ेगा और बरखा ने अपने आपको सतीश के सुपुर्द कर दिया। सतीश को तो जैसे इसी घड़ी की प्रतीक्षा थी। सतीश बरखा के साथ कई घंटे कमरे में बंद रहा। फिर उसे उसके घर छोड़ आया। इधर शादी की तैयारियाँ चल रही थी और उधर सतीश रात ही रात में विदेश जाने की तैयारी करने लगा। सतीश और उसके माता-पिता शादी से चार दिन पहले विदेश भाग गये। बरखा के परिवार में तो जैसे मातम सा छा गया। बरखा का सबकुछ लुट चुका था। वह अब किसी के भी लायक नहीं बची थी। जाते-जाते सतीश बरखा को बरबाद करके चला गया। समाज, खानदान में खूब बदनामी हुई। पर गलती बरखा और उसके परिवार की नहीं थी। इसलिए किसी ने भी अधिक कुछ नहीं कहा। पर बरखा का सबकुछ खत्म हो

चुका था। पुलिस ने भी काफी छान बीन की। पता चला कि
यह व्यक्ति झूठ बोलकर लड़कियों के साथ ऐसा ही करता है।
विदेश चले जाने के कारण सतीश के बारे में अधिक जानकारी
हाथ नहीं लग पाई। अगले महीने बरखा को पता चला कि वह
माँ बनने वाली है। माता-पिता भाई सभी ने उसे गर्भपात कराने
की सलाह दी, पर बरखा नहीं मानी। समाज के कटाक्ष सुनने
पड़े, पर बरखा नहीं घबराई। बरखा ने एक बात सभी से कही
कि उसकी सगाई सतीश से हो चुकी थी। चार दिन बाद शादी
थी। यह बच्चा सतीश का है पर आज से यह केवल मेरा बच्चा
है। मैं ही इसकी माँ और मैं ही पिता हूँ। एक पुरुष पहले
एक पुरुष होता है बाद में किसी अन्य रिश्ते में बंधता है। एक
औरत अकेले कभी माँ नहीं बन सकती उसे एक पुरुष ही माँ
बनाता है। बरखा शिक्षित थी उसने समाज, परिवार से लड़कर
बच्चे को जन्म दिया। नौकरी कर उसका पालन-पोषण किया।
बरखा ने स्कूल में माता-पिता के दोनों कॉलम में अपना ही नाम
लिखा और समाज से लड़कर अपने बच्चे को अकेले ही जीना
सिखाया। यह बात है बरखा की पर हमारे आस पास ना जाने
कितनी बरखा होंगी जिनके साथ ऐसा हादसा हुआ होगा। वे या
तो आत्महत्या कर लेती हैं या फिर लोगों के ताने सुनकर घर
छोड़कर चली जाती हैं। उस पुरुष को क्यों कोई दोष नहीं देता,
जिसके कारण एक लड़की बिन ब्याही माँ कहलाती है? क्या कोई
पुरुष भी कभी बिन ब्याहा पिता कहा जाता है? समाज किसी
पुरुष को तो ऐसा नहीं बोलता कि तेरी शादी हो गई है, इध
र उधर ताक-झाक मत कर। यह सब नियम एक लड़की और
नारी के लिए ही हैं। पुरुषों को सब कुछ करने की स्वतंत्रता
मिली हुई है। यदि नारी ऐसा कुछ करती है तो सब उसका
जीना मुश्किल कर देते हैं। उसे पाप का भागीदार बना देते हैं।
उसके लिए फतवे जारी कर दिए जाते हैं। पंडितों द्वारा अनेको
पूजा पाठ, हवन आदि कराने को कहा जाता है। शुद्धिकरण की
बात की जाती है। पर पुरुष के लिए कुछ भी नहीं। हमें यह
नहीं भूलना चाहिए कि नारी ''शक्ति'' का दूसरा नाम है। अगर
मन में कुछ करने का ठान लिया तो करके ही चैन लेती है।

अपराजिता

हिम्मत का दूसरा नाम नारी,
शक्ति और दुर्गा कहलाती नारी।।
ग्यारह वर्ष की आयु से,
अपने ही शरीर से लड़ती है।
जब वह महावारी पीरियडस की,
दुनिया में कदम रखती है।
दर्द होता, चुपचाप वह सहती है,
मुँह से अपनी पीड़ा जब वह,
किसी से नहीं कहती है।
विवाह के बाद भी पति की,
खुशी का ख्याल रखती है।
जब पत्नी स्वयं को,
उसके हाथों में समर्पित करती है।
पति को परमेश्वर मानती है,
उसके नाम का सिंदूर सदा,
वह अपनी माँग में सजाती है।
नौ महीने गर्भ में बच्चे को रखती,

कभी नारी नहीं घबराती है।
सोने, जागने, उठने, बैठने में होती कठिनाई,
पर नारी हस कर सब भुलाती है।
होता जब बच्चे का जन्म,
असहनीय पीड़ा झेलती नारी है।
दिन रात प्रसव पीड़ा होती नारी को,
पर नारी सबकुछ चुपचाप सह लेती है।

जन्म देती बच्चे को जब,

नारी का नया जन्म होता है।

बच्चे को हाथों मे लेकर,

अपनी असहनीय पीड़ा,

वह पल भर में भूल जाती है।

नारी जीवन बड़ा कठिन,

यह पुरुष क्या समझेगा?

वह कर देता पल मे ''शील'' भंग नारी का,

उसकी महानता को क्या परखेगा?

नारी अपराजिता है,

आवश्यकता पड़ने पर....

काली का रूप धारण कर लेती है।

पुरुषों द्वारा बनाए समाज में

अपने अधिकारो के लिए लड़ लेती है।

अपराजिता है नारी जिसे,

कोई हरा नहीं सकता...

जिसे कोई जीत नहीं सकता...

जिसे कोई डरा नहीं सकता।।

आज घर में सुबह ही से काफी चहल-पहल थी। दूध वाले रामदीन काका ने छोटी बहू से पूछा–''बहू रानी क्या बात है? आज घर में काफी चहल पहल दिख रही है।''

''काका, हमारी छुटकी को आज लड़के वाले देखने आ रहे हैं। ईश्वर से प्रार्थना करना कि आज कोई छुटकी को मना ना करे।''

छुटकी यानि की संध्या बहुत प्यारी लड़की थी। पढ़ी-लिखी शिक्षित थी। पर देखने में थोड़ी सी सांवली थी। सांवले रंग के कारण उसे कोई पसंद नहीं करता था। आज पिता जी और बड़े भैया ने पहले से यह प्लान बनाया हुआ था कि लड़के वालों को

दहेज अधिक देने का लालच देंगे। हो सकता है कि फिर वह संध्या को मना ना कर पाएं। संध्या अपने कमरे में किताबों में मग्न थी। उसके लिए यह कोई नई बात नहीं थी। जाने कितने रिश्ते उसे ठुकराकर जा चुके थे। शाम हो गई। लड़का और उसके परिवार वाले भी आ गए। चाय नाश्ते के समय संध्या को बुलाया गया तो लड़के के पिता बोले–''रहने दीजिये, बेटी को मत बुलाइये। आप केवल इतना बताइये कि हमें सामान में क्या दे रहे हैं?''

''जैसा कि आपने कहा था।''

संध्या ने यह सब सुना। उसे बिल्कुल अच्छा नहीं लगा। वह उस समय अपने कमरे ही में थी।

पिता जी बोले,–''हमारी एक ही बेटी है और हम अपने खेत उसके नाम कर देंगे। आप सिर्फ यह बताइये कि आपको रिश्ता मंजूर है?''

लड़के वाले खुश होकर बोले,–''हाँ....हाँ....भाई साहब। ......यह भी कोई पूछने वाली बात है? हमें रिश्ता मंजूर है।'' संध्या यह सुनकर अचानक अपने कमरे से बाहर आई और लड़के व उसके परिवार वालों से बोली–''पर मैं इस रिश्ते के लिए तैयार नहीं हूँ।'' आपस में काफी काना फूसी हुई और लड़के वाले अपना सा मुँह लेकर वहाँ से चले गए। संध्या बिना किसी से कुछ कहे अपने कमरे में चली गई। परिवार में सब ने संध्या को बहुत बुरा भला कहा। पर संध्या पर तो जैसे कोई फर्क ही नहीं पड़ा। अब संध्या के रिश्ते भी आने बंद हो चुके थे। आस पड़ोस वालों ने संध्या की बुराई करनी शुरू कर दी थी। दादी प्रतिदिन ताने मारती कि सुंदर होती तो आसानी से शादी हो जाती। अब कौन करेगा काली-कलूटी से शादी? जब काफी दिन तक कोई रिश्ता नहीं आया तो संध्या को अभागन कहना शुरू कर दिया। पर संध्या ने बिना किसी की परवाह किए आगे की पढ़ाई शुरू कर दी और सिविल सर्विसेज की तैयारी करने लगी। संध्या ने दिन रात एक कर दिया। पर पीछे मुड़कर नहीं देखा। दो तीन सालो के अथक प्रयास से संध्या को

सफलता मिली और वह क्लास वन ऑफिसर बन गई। जो लोग उसको भला-बुरा कहते थे, वही आज उसके आगे-पीछे घूम रहे थे। पिताजी और भाई बहुत खुश थे कि संध्या ने अपने जीवन को बरबाद नहीं किया। उन्हें संध्या की सूझबूझ पर बहुत गर्व हुआ। अब घर पर रिश्तों की लाइन लग गई। संध्या ने साफ मना कर दिया कि वह विवाह नहीं करेगी। सरकार की तरफ से घर, गाड़ी सब सुख सुविधाएं संध्या को दी गई। संध्या ने एक स्कूल खुलवाया और उसमें कन्याओं के पढ़ने की व्यवस्था की। एक दिन उसी स्कूल में संध्या किसी कार्यक्रम में शामिल होने के लिए आई तो सबको सम्बोधित करते हुए बोली, ''नारी सृष्टि की सबसे सुंदर कृति है। केवल सुंदरता ही नारी के रूप को नहीं निखारती बल्कि उसके गुण, उसका व्यवहार, कार्य शैली, शिक्षा उसके गुणों को निखारती है। अगर एक नारी शिक्षित होती है तो समझो एक पीढ़ी शिक्षित हो जाती है। लड़कियों का शिक्षित होना एक स्वस्थ समाज प्रदान करता है।''

दूर खड़ा एक युवक बड़े ध्यान से संध्या की बातें सुन रहा था। उसे संध्या और उसकी बातों ने काफी प्रभावित किया और अगले दिन वह संध्या से मिलने उसके ऑफिस पहुँच गया। संध्या से परिचय में उसने बताया कि वह एक एनजीओ चलाता है जिसमें बेसहारा बच्चों को रखकर उनकी आवश्यकताओं को पूरा करते हुए उन्हें शिक्षा दी जाती है। राहुल नाम है और पेशे से इंजीनियर है। वह संध्या की मदद लेना चाहता है। संध्या गरीब बेसहारा बच्चों, खासतौर पर लड़कियों की सहायता के लिए आगे आई और उसकी संस्था से जुड़ गई। संध्या और राहुल को कभी-कभी किसी काम के लिए आपस में भी मिलना पड़ता था। धीरे-धीरे संध्या और राहुल में दोस्ती हो गई और एक दिन राहुल ने संध्या से विवाह करने की इच्छा जाहिर की। संध्या के परिवार वाले बहुत खुश हुए और दोनों का विवाह हो गया। इस विवाह में संध्या के परिवार ने एक भी चीज दहेज के रूप में नहीं दी। संध्या ने बिना दहेज के विवाह कर उन लोगों के मुँह पर करारा चाँटा मारा जो आज भी मुँह खोलकर दहेज की माँग करते हैं। इसके अतिरिक्त उन लोगों ने संध्या से क्षमा मांगी जो उसे अभाग्यशाली कहा करते थे। उन सबके मुँह बंद

हो चुके थे। एक नारी क्या नहीं कर सकती सबकुछ कर सकती है आवश्यकता है लगन, आत्मविश्वास व दृढ़ निश्चय की।

वहीं दूसरी तरफ सुबूही की कहानी है जिसने हिम्मत और आत्मविश्वास से जो चाहा वही हासिल किया। कठिनाइयों ने कई बार उसका मार्ग रोकने की कोशिश की, पर वह डगमगाई नहीं आगे बढ़ती रही।

रूढ़िवादी परिवार में जन्मी सुबूही एक धनी कपड़ा व्यापारी की बेटी थी। पढ़ना चाहती थी पर घर के बड़े बुजुर्गों के कारण अधिक नहीं पढ़ पाई। अंदर ही अंदर घुटकर रह जाती थी। खूब हाथ पैर मारे पर, पढ़ ना सकी। उसके स्कूल में एक अध्यापक थे उन्हें सुबूही के बारे में सब पता था। वह चाहते थे कि सुबूही आगे और पढ़े। अपने सपनों को साकार करे। उनका एक बेटा था ''अरमान''। अरमान सुबूही को पसंद करता था पर सुबूही के घर वाले बहुत सख्त थे। दादा-दादी की सोच के आगे किसी का भी वश नहीं चलता था। एक दिन अरमान ने किसी शादी समारोह में सुबूही को अपने मन की बात बता दी। उसने यह भी कहा कि अगर सुबूही और उसकी शादी हो गई तो वह उसे आगे की शिक्षा भी दिलायेगा। सुबूही बहुत खुश हुई। अरमान का रिश्ता सुबूही के लिए उसके घर आया पर दोनों भाईयों चाचा और सुबूही के दादा-दादी ने मना कर दिया। अरमान अधिक अमीर परिवार का नहीं था। एक छोटी सी नौकरी करता था। यही बात सुबूही के परिवार को पसंद नहीं आई और उन्होंने रिश्ता ठुकरा दिया। सुबूही बहुत रोई कि उसे अरमान पसंद है। कर दो उससे शादी, पर सुबूही को कमरे में बंद कर दिया गया। इस परिवार को समाज, खानदान की इज्जत बच्चों से प्यारी थी। सुबूही की किसी ने भी कोई मदद नहीं की।

सभी उसका निकाह जल्दी से जल्दी करवा देना चाहते थे क्योंकि घर में और भी लड़कियाँ थीं सबकी शादियाँ जो करनी थीं।

सुबूही खान की शादी अपनी उम्र के एक बेहद बड़े

व्यक्ति के साथ तय कर दी गई। जो शहर का बहुत अमीर आदमी था। हीरे का व्यापारी था। हवेली में रहता था। समाज में बहुत इज्जत थी। धन दौलत की कोई कमी नहीं थी। पर सुबूही से पंद्रह बीस वर्ष बड़ा था। सुबूही ने विरोध किया तो दादी बोली, ''औरत जितनी छोटी होगी उस पर रूप उतना ही निखरता है। औरत का क्या है वह तो शादी के कुछ सालों बाद ही ढलने लग जाती है।'' घर परिवार में सुबूही की अम्मी को यह सब अच्छा नहीं लग रहा था। पर औरत थी क्या करती। औरतों को कुछ भी बोलने का अधिकार नहीं था। अरमान ने सुबूही से मिलने की बहुत कोशिश की, पर कामयाब ना हो सका। वो दिन भी आ गया जब सुबूही का निकाह होना था। हॉल सजाया गया। फूलों से घर आँगन ऐसे महक रहा था मानो किसी ने इत्र की बोतलों की नदियाँ बहा दी हों। सुबूही गुलाबी जोड़े में इतनी खूबसूरत लग रही थी मानो कोई हूर आसमान से उतरकर आ गई हो। अमीर शेख साहब पर्दे के दूसरी तरफ बैठे ऐसे लग रहे थे जैसे सुबूही के पिता हों। कहाँ सुबूही मासूम केवल बीस बाईस साल की और कहाँ वह शेख साहब। पर सुबूही इस शादी के लिए जरा भी तैयार नहीं थी। उसने पहले भी विरोध किया था आज भी वह विरोध ही कर रही थी। सुबूही ने अपनी अम्मी से कहा, ''शादी दो रूहों का मिलन है अगर वो ही आपस में ना मिलें तो शरीर के मिलने मात्र से क्या फर्क पड़ता है?''

''जबरदस्ती शादी खुदा को भी पसंद नहीं। फिर आप लोग क्यों करवा रहे हो मेरी यह शादी?

अम्मी रो रही थी। उस ने कभी अपनी जुबान तक नहीं खोली थी। वह आज ही क्या कर सकती थी? दादी ने सुबूही को गुस्से में अपनी लाल आँखे दिखाई और चुप रहने का इशारा किया। थोड़ी देर में मौलवी साहब निकाह पढ़ाने आए। सुबूही से पूछा गया कि क्या उसे यह निकाह कूबूल है? सुबूही ने कुछ नहीं कहा उससे दो बार पूछा गया। तीसरी बार में सुबूही ने ''मंजूर नहीं है।'' कह दिया। ओफ्फो...इतना कहते ही शेख और उसके आदमियों ने पूरे हॉल को तहस-नहस कर दिया।

सब टैन्ट फाड़ दिए। फूलों को कुचल दिया। सुबूही पर हमला भी किया गया। सुबूही के परिवार वालों को पुलिस बुलानी पड़ी। सुबूही के कारण आज उसके खानदान की बहुत बेइज्जती हुई। सुबूही की खूब पिटाई हुई। उसका खाना-पीना बंद कर दिया गया, पर सुबूही ने हिम्मत नहीं हारी। उसने साफ कह दिया कि, ''बेशक मुझे मार डालो पर मैं गलत बात के लिए कभी हाँ नहीं कहूंगी।''

एक साल तक परिवार में कोई खुशी नहीं मनाई गई। सुबूही के दृढ़संकल्प ने उसके अब्बू को एक फैसला लेने के लिए बाध्य कर दिया। जब सुबूही की चारों तरफ बुराईयाँ होने लगी तब भी अरमान का रिश्ता उसके लिए तैयार खड़ा था। परिवार को अपनी जिद छोड़कर सुबूही का निकाह अरमान से करवाना पड़ा। आज सुबूही अरमान के साथ बहुत खुश है और एक स्कूल में लड़कियों को शिक्षा दे रही है। सुबूही ने हिम्मत से ना केवल आगे की पढ़ाई की बल्कि समाज को यह भी शिक्षा दी कि किसी के भी दबाव में आकर जबरदस्ती कभी भी शादी नहीं करनी चाहिए। एक शक्ति ऐसी होती है नारी में, जो उसे यह आभास कराती है कि उसके लिए क्या सही है और क्या गलत है। अगर नारी बिना डरे चुनौतियों का सामना कर आगे बढ़ जाती है तो जो वह प्राप्त करना चाहती है कर लेती हैं परन्तु यदि वह डरकर समाज क्या कहेगा में ही उलझी रहती है तो कुछ भी नहीं कर पाती और अपने जीवन को बरबाद कर लेती है। इसीलिए नारी तू अपराजिता है। मन में आशा की किरण भर वह सबकुछ कर सकती है जो वह करना चाहती है।

कुछ सलवटें

आज नैना ने लाल रंग की सितारों वाली साड़ी पहनी थी। बहुत सुंदर मेकअप किया था। बॉडी फिगर तो पहले से ही अच्छा था। नैन नक्श भी बहुत तीखे थे। रात के नौ बज चुके थे, अभी तक अभिषेक ऑफिस से घर नहीं आया था। थोड़ी देर में दरवाजें की घंटी बजी। नैना ने दरवाजा खोला। सामने अभिषेक खड़ा था। अभिषेक को देख नैना की आँखों में चमक आ गई। परन्तु अभिषेक ने नैना की तरफ नजर उठाकर भी नहीं देखा। सीधे कमरे में चला गया। नैना के जेठ-जेठानी जो साथ में ही रहते थे, यह सब देख रहे थे। जेठानी ने नैना को डाइनिंग टेबल पर खाना लगाने को कहा। थोड़ी देर में अभिषेक फ्रैश होकर डाइनिंग टेबल पर आकर बैठ गया। चारों ने मिलकर साथ खाना खाया। जेठ के दो बच्चे थे। दोनों बाहर बोर्डिंग स्कूल में पढ़ते थे। खाना खाकर नैना ने सब सामान समेटा और कमरे में सोने चली गई। पर यह क्या! अभिषेक तो नैना के आने से पहले ही सो चुका था। नैना को बहुत बुरा लगा। वह अभिषेक के लिए इतनी सजी संवरी थी। पर, पति ने उसकी तारीफ करना तो दूर, उसे ठीक से देखा तक नहीं। उसने खुद को शीशे में देखा और पुरानी यादों में खो गई। नैना एक समझदार पढ़ी लिखी लड़की थी। उसकी शादी अभिषेक से एक साल पहले ही हुई थी। एक दुर्घटना में नैना के सास-ससुर का देहांत हो चुका था। घर में जेठ-जेठानी और अभिषेक, नैना ही रहते थे। नैना और जेठानी की आपस मे काफी बनती थी। जब नैना दुल्हन बनकर इस परिवार में आई थी, तब अभिषेक ने सुहागरात को ही नैना से कह दिया था कि अभी हमारे बीच कोई सम्बंध नहीं बन पायेगा, जब तक हम एक दूसरे को समझ नहीं लेते। अभिषेक ने नैना को अभी तक छुआ भी नहीं था। यहाँ तक की वह कभी नैना से ढंग से बात भी नहीं करता था। नैना रात भर अकेली बिस्तर पर करवटें बदलती रहती थी और अभिषेक आराम की नींद सोता रहता था। नैना ने अभिषेक को कई बार अपनी तरफ आकर्षित करने की कोशिश भी की,

पर सब बेकार। आज भी नैना काफ़ी सुंदर लग रही थी कोई और होता तो उसे बाहों में भरकर भरपूर प्यार करता परन्तु अभिषेक ने उसे ध्यान से देखा तक नहीं।

एक साल बीत गया नैना ने कई बार अभिषेक से इस बारे में बात भी की। पर वह यही कह देता कि अभी तुम मेरे लायक नहीं हुई हो। नैना समाज के डर से मायके भी नहीं जा सकती थी।

उसके वैवाहिक जीवन पर इन दूरियों की सलवटें लगातार पड़ती जा रही थीं। नैना जवान थी अगर एक पुरुष को शरीर की भूख होती है तो एक स्त्री की भी चाहत होती है कि उसका पति उसे प्यार करें। आज नैना की शादी की सालगिरह थी। पर अभिषेक का ऐसा रूखा व्यवहार देख नैना की आँखों में आँसू आ गए और वह कपड़े बदलकर बिस्तर के एक ओर सिमटकर लेट गई। ऐसे ही समय बीतता गया। एक दिन नैना को पता चला कि अभिषेक अपने ऑफिस की सैकट्री के साथ एक कमरे में घंटों बंद रहता है। नैना को समझते देर नहीं लगी कि जो चीज उसे चाहिए थी, वह तो बाहर ही से मिल जाती है फिर वह पत्नी को क्यों प्यार करेगा? नैना ने अपनी जेठानी से इस बारे में बात की। जेठानी ने अपने पति यानि अभिषेक के बड़े भाई से बात की। रात को जेठ जी ने अभिषेक को काफी समझाया पर अभिषेक पर उलटा ही असर पड़ा। वह नैना से काफी लड़ा-झगड़ा और घर छोड़कर जाने की धमकी देने लगा। जेठानी समझदार थी। उन्होंने नैना को शांत करते हुए कहा कि अगर एक विवाहित पुरुष किसी और स्त्री के साथ सम्बंध बना सकता है तो एक स्त्री भी अपने शरीर की चाहत के लिए किसी दूसरे पुरुष का सहारा ले सकती है। जेठानी ने अपने पति के साथ मिलकर एक उपाय निकाला। अब जब भी अभिषेक ऑफिस से घर लौटता था, नैना उसे अपने कमरे में नहीं बल्कि जेठजी के कमरे में मिलती। थोड़ी देर में वह अंदर से अपने कपड़े ठीक करती हुई बाहर निकलती। अभिषेक ने पहले तो ध्यान नहीं दिया। पर जब उसने प्रतिदिन नैना को जेठ जी के साथ बैठे देखा, हसी मज़ाक करते देखा तो उसका

पौरुषत्च जाग उठा। उसने नैना को चरित्रहीन कहकर तलाक देने की बात सामने रख दी। तब जेठानी ने अभिषेक को एक चाँटा मारते हुए कहा, ''तुम क्या समझते हो? क्या सारे अधिकार केवल पुरुष ही के पास होते हैं औरतों का उन पर कोई हक नहीं होता?''

''एक पुरुष अपनी भूख मिटाने, शारीरिक सुख की पूर्ति करने पराई स्त्री के पास जा सकता है और पत्नी, वह क्या करे? क्या पत्नी को शारीरिक सुख की चाहत नहीं होती? वह भी तब जब वह विवाहित हो।''

फिर जेठ जी ने सच बताया कि अभिषेक को सही मार्ग पर लाने के लिए उन्होंने और नैना ने एक नाटक किया था। नैना पूर्ण रूप से पवित्र है। इसके बाद अभिषेक और नैना के जीवन में बदलाव आना शुरू हुआ और वह सुधर गया। सब जेठ-जेठानी की सहायता से सम्भव हो पाया। यहाँ सहायता की जेठ-जेठानी ने। सोचिए अगर जेठानी नहीं होती तो नैना का क्या होता? कौन उसके जीवन की सलवटों को खत्म करने में उसकी मदद करता?

बहनों, इस समस्या से आज भी अनेको पत्नियाँ जूझ रही हैं। लेकिन जो महिलाएँ इन परिस्थितियों से गुजर रही हैं वह किसी को भी अपनी स्थिति नहीं बताना चाहेंगी। आज भी ऐसी हजारों बहनें हैं जो रातों बिस्तर पर अकेली पड़ी तड़पती रहती हैं। उनके पति का जब मन करता है उनके साथ सैक्स कर लेते हैं परन्तु अगर कभी पत्नी की इच्छा हो तब पत्नी अपनी इच्छा से पति के साथ कुछ भी नहीं कर सकती। ना ही अपने पति से इस विषय में कुछ कह ही पाती हैं। क्योंकि केवल ऐसा कह देने मात्र से उन्हें चरित्रहीन की श्रेणी मे डाल दिया जाता है।

कैसा न्याय है यह? विवाह क्या एक पुरुष ही का हुआ है? सुहागरात को अगर पत्नी की इच्छा ना हो या उसकी तबियत ठीक ना हो तो क्या पति को उसके साथ जबरदस्ती सम्बंध बनाने चाहिए? सुहागरात का अर्थ यह कदापि नहीं कि

उसी रात पति पत्नी के बीच सबकुछ होना चाहिए। कभी-कभी परिस्थितियाँ साथ नहीं देतीं।

निशा की शादी हुई और ठीक शादी के दिन ही उसे महावारी आ गई। पेट दर्द से उसका बुरा हाल था। वह बड़ी परेशान कि अब क्या करे? सुहागरात को निशा ने अपने पति को सैक्स के लिए काफी मना किया। पर वह नहीं माना और अपना अधिकार बताते हुए जबरन निशा के साथ सम्बंध बनाए। उसने निशा के साथ इतनी बुरी तरह से सैक्स किया कि उसे बेहद पीड़ा का सामना करना पड़ा। निशा के मन में अपने पति के प्रति एक कड़वाहट भर गई जो जीवन भर उसके साथ रहेगी। नारी कोई गीली मिट्टी की गुड़िया नहीं है कि उसे जैसे चाहे आकार दे दो या उसके साथ चाहे कुछ भी करो। उसकी भावनाओं को समझने का प्रयास करना चाहिए। उसके दर्द को महसूस करना चाहिए।

मत करो मनमानी पत्नी के साथ तुम पतियों,
पत्नी है तुम्हारी, समझो उसके मन को।
सम्मान करो पत्नी का, रखो उसकी इच्छा का मान,
मायका छोड़कर आई तुम्हारे लिए, बनो तुम उसकी ढाल।

विधुर पति और विधवा स्त्री

एक पुरुष जिसकी पत्नी की मृत्यु हो चुकी हो ''विधुर'' कहलाता है और पति की मृत्यु हो जाने के बाद स्त्री ''विधवा'' कही जाती है। यह बात हम सभी भली-भाँति जानते हैं। हमने यह भी देखा है कि एक विधवा स्त्री बिना पुरुष के अपना जीवन व्यतीत कर लेती है परन्तु एक पुरुष बिना स्त्री के नहीं रह सकता। बहुत कम देखने को मिलेगा जब एक पति अपनी पत्नी की मृत्यु के बाद दूसरा विवाह नहीं करता या किसी स्त्री का सहारा नहीं लेता। सबसे बड़ी बात यह है कि समाज और परिवार भी विधुर को ऐसा करने से नहीं रोकते।

दीपक अपनी पत्नी से बेइंतहा प्यार करता था। अचानक उसकी पत्नी को कैंसर हो गया और वह मर गई। दो बच्चे पीछे छोड़ गई। दोनों बच्चे बड़े थे। अपने आपको संभाल सकते थे। जो पति कभी अपनी पहली पत्नी से सच्चा प्यार करने का दावा किया करता था वह एक साल भी बिना स्त्री के नहीं रह पाया और छह महीने में ही दूसरी शादी कर ली। अब वह पहले से भी अधिक जवान दिखने लगा था। शारीरिक, मानसिक सुख मिलने से उस पति का जीवन ही बदल गया और वह भूल गया कि कभी उसकी पहली पत्नी भी थी।

बहनों, एक विधवा स्त्री के लिए दोबारा शादी करना आज भी समाज पसंद नहीं करता। बहुत कम लोग होंगे जो विधवा स्त्रियों का साथ देते हैं। आखिर क्यों? बताइये, जब एक पुरुष दोबारा, तिबारा शादी कर सकता है तो स्त्री क्यों नहीं? उसे भी अपनी स्वेच्छा से दूसरा विवाह करने की स्वतंत्रता होनी चाहिए।

दीपिका जवान और सुंदर थी। बच्चे अभी छोटे ही थे। १० या ११ साल के। अचानक पति का एक्सीडेंट हो जाने से उसकी मृत्यु हो गई। पति के स्थान पर पत्नी को नौकरी मिल गई। अभी दीपिका जवान थी। देखने में सुंदर भी थी। घर वालों

ने समझाया कि ''अभी जवान हो कब तक अकेले यूहीं रहोगी? शादी कर लो।''

पर दीपिका ने यह कहकर इंकार कर दिया कि बच्चों का जीवन खराब हो जायेगा। लोग क्या कहेंगे या समाज क्या कहेगा? दीपिका का कार्य क्षेत्र ऐसा था कि उसे महिलाओं और पुरुष दोनों ही से बात करनी पड़ती थी और दोनों ही के साथ काम करना पड़ता था। जब भी दीपिका किसी पुरुष से बात करती, तभी उसे सोसाइटी वाले अजीब सी नज़रों से देखने लग जाते थे। तरह तरह की बातें बनाना आम बात हो चुकी थी। दीपिका ने कभी किसी की परवाह नहीं की। वह अपने बच्चों और नौकरी पर ध्यान देती रही। उस स्त्री ने अपने बच्चों की खुशी के लिए अकेले पूरा जीवन बिता दिया परन्तु किसी पराए पुरुष के साथ रहना स्वीकार नहीं किया। उसी के दफ्तर में एक विधुर पुरुष भी था। उसके भी दो बच्चे थे। उसने समाज या परिवार की कोई परवाह नहीं की और दूसरा विवाह कर लिया। दफ्तर वालों ने सहानुभूति दिखाई कि पुरुष अकेला है बेचारा। घर संभाले या बच्चों को संभाले? फिर नौकरी भी तो करनी है। दफ्तर वालों ने उसकी दूसरी शादी की मिठाई बड़े खुश होकर खाई।

दीपिका का केस भी तो ऐसा ही था। पर किसी ने उस के प्रति कोई सहानूभूति नहीं दिखाई। मायके वालों ने एक बार पूछकर अपने कर्तव्यों का पालन कर दिया और मुक्त हो गये। पर क्या इससे जिम्मेदारी पूरी हो जाती है? वह भी तो अकेले बच्चों का पालन पोषण कर रही थी। घर से बाहर जाकर नौकरी करती थी। उसकी परेशानी और अकेलापन समाज को नहीं दिखा? पुरुष का तो सभी ने देख लिया। पर औरत का? मायके वालों ने एक वाक्य बोल कर पीछा छुड़ा लिया कि दूसरा विवाह कर लो। फिर बाहर वालों से उम्मीद करना बेकार है।

नारी आरंभ ही से शक्तिशाली मानी गई है। तभी वह अकेले जीवन व्यतीत कर सकती है परन्तु एक पुरुष शायद ही यह सब अकेले कर पाए।

अपराजिता

ऐसे बहुत से उदाहरण हमारे आस पास के क्षेत्रों मे देखने को मिल जायेंगे।

अब बात करते हैं मनोहर और उसके भाई की।

मनोहर तलाक शुदा व्यक्ति था। कहा जाता था कि उसकी पहली पत्नी का चरित्र ठीक नहीं था इसलिए उसने अपनी पहली पत्नी से तलाक ले लिया था। अब उसका दूसरा विवाह एक कुंवारी लड़की के साथ हो रहा था। जिसका किसी ने भी विरोध नहीं किया था। सबने खुशी-खुशी मनोहर की शादी करा दी।

दूसरी तरफ मनोहर के छोटा भाई सुरेश अभी कुँवारा ही था। उसे अपनी बहन की सहेली जो एक विधवा थी। उस से प्रेम हो गया था। वह विधवा स्त्री मीना थी। दो साल पूर्व उसके पति की हृदय गति रुक जाने के कारण मृत्यु हो गई थी तभी से वह अपने मायके में रह रही थी। एक बच्चा भी था जो अभी साल भर का भी नहीं हुआ था। वह मनोहर की छोटी बहन के साथ ही कॉलेज में पढ़ती थी। अब किसी विद्यालय में शिक्षिका के पद पर कार्यरत थी। सुरेश को मीना पहले ही से अच्छी लगती थी पर नौकरी ना करने के कारण कभी किसी को अपने मन की बात बताने की हिम्मत ही नहीं जुटा पाया। अब जब मीना सामने थी तो खुद को रोक नहीं पाया और विवाह की इच्छा जाहिर कर दी। जैसे ही मनोहर और उसके माता पिता को सुरेश की एक विधवा से शादी करने की इच्छा का पता चला, समझो घर में महाभारत छिड़ गया। माता पिता ने अलग भला बुरा कहा और मनोहर ने तो एक चाँटा तक रसीद कर दिया। सुरेश ने कहा, ''–जब बड़े भैया तलाकशुदा होने के बाद भी दूसरा विवाह कर सकते हैं तो क्या मैं अपनी इच्छा से विवाह नहीं कर सकता?''

माता ने समझाया, ''बेटा, हम विधवा लड़की से तुम्हारा विवाह नहीं कर सकते। यह अशुभ है जिसका पहला पति मृत्यु को प्राप्त हो गया हो।''

''तो इसमें दोष मीना का थोड़े ही है?'' सुरेश बोला

''है... मीना के भाग्य में पति सुख नहीं है। तुम्हारे लिए भी मीना अशुभ साबित होंगी'' माँ ने कहा।

परिवार में बहुत अधिक बहस हुई। यहाँ तक कहा गया कि एक लड़का चाहे विधुर हो या तलाकशुदा कुंवारी लड़की से विवाह कर सकता है परन्तु एक कुँवारा लड़का किसी विधवा या तलाकशुदा से विवाह नहीं कर सकता।

मीना के मायके में भी मीना पर आरोप लगा दिए गये कि जरूर उसने ही सुरेश को कोई इशारा किया होगा, जो वह उसके पीछे पड़ गया। ना तो सुरेश के परिवार वाले इस रिश्ते के लिए तैयार हुए, ना ही मीना के। मीना की तो कोई गलती थी भी नहीं। आखिरकार सुरेश का विवाह एक कुंवारी लड़की के साथ कर दिया गया और मीना अपने बच्चे के साथ अकेले जीवन गुजारने लगी।

बहनों, यहाँ फिर वही प्रश्न हम सबके सामने है कि एक विधुर, तलाकशुदा व्यक्ति के साथ तो लोग अपनी कुंवारी कन्या की भी शादी करने के लिए तैयार रहते हैं और यदि पुरुष कई बार विधुर हुआ हो, तब भी उसे विवाह के लिए कुंवारी कन्या मिल ही जाती है परन्तु एक लड़की के साथ ऐसा क्यों होता है कि वह विधवा होने के बाद विवाह नहीं कर सकती या अगर करती भी है तो समाज व परिवार में तरह तरह की बातें उसके विरुद्ध बनाई जाती हैं। यहाँ तक की कहीं कहीं पर तो लोग उसके चरित्र पर उँगली भी उठा देते हैं।

कई बार तो शर्म आती है समाज की बीमार मानसिकता पर। आखिर क्यों ये नियम केवल स्त्री के ही लिए बनाये गये हैं? क्यों अभाग्यशाली केवल स्त्री समझी जाती है? जब किसी पुरुष की पत्नी की मृत्यु होती है या तलाक होता है तो उसे समाज क्यूँ अभागा नहीं कहता? क्यों उसके प्रति सहानुभूति प्रकट करता है? आखिर यह सब एक स्त्री के हिस्से में ही क्यों आता है?

स्त्री सब रिश्तों में निपुर्णता का परिचय देती है,
परिवार की बगिया को महकाकर
अपना परिचय देती है।
फिर भी नहीं समझी जाती भावनाएँ स्त्री की।
स्त्री प्रत्येक सम्बंध में अपना सर्वश्रेष्ठ देती है।
नहीं चाहती धन–दौलत,
केवल चाहती सम्मान,
उसी सम्मान और प्रेम के लिए
अपना जीवन समर्पित कर देती है।।
सभी बहनों से एक प्रश्न क्या यह उचित है?

बेबसी नारी की

मेरी बेबसी पर,
दीवारें भी रो पड़ेंगी,
इन आँखों में जब,
आँसुओं की नमी होंगी
दिखाऊँ किसे दर्द अपना?
कौन मेरा है यहाँ?
मेरे होठों पे जब,
दर्द की सिसकियाँ होंगी।

मुस्कान के आज फिर विद्यालय देर से आने पर सुधा मैडम ने पूछा–''मुस्कान, तुम आज भी कक्षा में देर से आई हो?.. पता है एक विषय की क्लास खत्म हो चुकी है।'' मुस्कान नीचे सिर झुकाए चुपचाप अपनी सीट पर जाकर बैठ गई।

शहर के पास एक छोटा सा कस्बा था मलिकापुर। वहाँ बच्चों का एक छोटा स्कूल था। पाँचवी तक लड़के लड़कियाँ इक्ट्ठा पढ़ते थे। पर छट्ठी से दोनों को अलग-अलग स्कूलों मे पढ़ने भेजा जाता था। लड़के केवल लड़कों के ही साथ लड़कों के स्कूल मे पढ़ते थे और लड़कियाँ कन्या विद्यालय में। यहाँ तक की लड़कों के विद्यालय मे कोई महिला अध्यापिका भी नहीं पढ़ा सकती थी। मुस्कान अभी छोटी थी। वह चौथी कक्षा में पढ़ती थी। शिक्षिका सुधा व्यवहार में बहुत भली थी। वह लड़कियों पर बहुत ध्यान देती थीं और उनकी कोशिश होती थी कि अधिक से अधिक कन्याएँ विद्यालय में पढ़ने आएँ। प्रतिदिन मुस्कान का इस प्रकार देर से आना सुधा को अच्छा नहीं लगता था। पर वह उसे कुछ नहीं कहती थी क्योंकि वह जानती थी कि कोई तो मजबूरी है मुस्कान की, जो यह सुबह देर से आती है। एक दिन सुधा ने उसके घर जाने का विचार बनाया। सुधा शाम को मुस्कान के घर पहुँच गई। मुस्कान बर्तन साफ कर रही थी और

उसकी माँ शाम के भोजन की तैयारी कर रही थी। मुस्कान का भाई घर के बाहर बच्चों के साथ खेल रहा था। सास अंगूर खा रही थी और मुस्कान के पिता आराम से बिस्तर पर लेटे थे। अचानक सुधा को देख मुस्कान के पिता उठ खड़े हुए और बोले,-‘‘आप यहाँ मैडम?’’

‘‘हाँ! मैं पूछने आई थी कि मुस्कान प्रतिदिन विद्यालय देर से आती है।’’ सुधा आगे कुछ कहती, सास बोल पड़ी-‘‘मुस्कान को घर के काम करने पड़ते हैं। औरत जात है काम तो करना ही पड़ेगा।’’ सुधा ने देखा कि मुस्कान अपने छोटे हाथों से बरतनों को ठीक से पकड़ भी नहीं पा रही थी पर मजबूरी में उसे बरतनों को धोना पड़ रहा था। सुधा ने कहा-‘‘अभी मुस्कान बहुत छोटी है, उसकी पढ़ने की उम्र है।’’

‘‘हमारे यहाँ लड़कियों को नहीं पढ़ाया जाता। वो तो इसकी माँ की जिद है वरना मैं तो कब का इसे स्कूल से निकाल लेती।’’ मुस्कान की दादी थोड़ा कड़क आवाज में बोली।

मुस्कान के पिता ने भी सुधा को अपने काम से काम रखने के लिए कह दिया। सुधा वापिस आ गई। अगले दिन मुस्कान विद्यालय नहीं आई। दो दिन बाद उसकी माँ ममता उसे विद्यालय छोड़ने आई। सुधा के पूछने पर ममता ने बताया कि मुस्कान बीमार हो गई थी। खैर, सुधा ने ममता को रुक जाने के लिए कहा। ममता वहीं पास में रखी बैंच पर बैठ गई।

बच्चों के खाने की छुट्टी हुई तो सुधा ने ममता से पूछा,-‘‘आपकी बेटी इतनी गुमसुम रहती है। हसती भी बहुत कम है।’’ ममता बोली-‘‘हमारे परिवार में लड़कियों को बोलने और हसने की मनाई है।’’ ‘‘यह कौन सा तरीका हुआ?’’ सुधा बोली।

सुधा ममता से कुछ और पूछती पर ममता काम का बहाना कर वहाँ से चली गई। सुधा ने ध्यान से देखा कि ममता की आँखों के नीचे काफी काले निशान थे। उसका शरीर भी अस्वस्थ लग रहा था। चेहरे पर कोई रौनक भी नहीं थी। वह सही से बोल भी नहीं पा रही थी।

सुधा शहर की शिक्षित महिलाओं में से एक थी और इस कस्बे के सरकारी स्कूल में उसका चयन हुआ था। उसका पति शहर ही में रहता था। यहाँ वह अपनी माँ को अपने साथ लाई थी। दोनों सरकारी घर में रह रही थीं। घर लौटकर सुधा ने मन में यह निश्चय किया कि चाहे कुछ भी हो जाए वह सच का पता लगाकर ही रहेगी।

अब जब भी मुस्कान विद्यालय आती, सुधा उसकी माँ ममता के विषय में अवश्य पूछती। एक दिन मुस्कान के पिता को शहर जाना था। वह गाड़ी चलाया करते थे। उस दिन मुस्कान की फीस देने उसकी माँ, ममता ही विद्यालय आई। छुट्टी होने वाली थी। परीक्षाएँ नजदीक थी। सुधा ने मुस्कान को पढ़ाई से सम्बंधित कुछ बताने के लिए अपने घर आने को कहा। ममता को भी कहा कि मुस्कान के साथ आ जाना। अगले दिन इतवार था। ममता अपनी बेटी मुस्कान को सुधा के घर पढ़ाई के लिए ले गई। पहले सास ने मना किया पर बाद में मुस्कान के भाई के कहने पर ममता के साथ उसे सुधा के घर पढ़ने के लिए भेज दिया। सुधा ने ममता और मुस्कान को खाने के लिए कुछ भोज्य सामग्री दी। फिर मुस्कान को पढ़ाई लिखाई का काम देकर दूसरे कमरे में बैठा दिया। सुधा ने ममता से पूछा,–‘‘ममता जी, मै जानना चाहती हूँ कि आपकी यह अजीब सी दशा क्यों रहती है? क्या कारण है कि आप इतना कष्ट सहे जा रही हैं?’’ ममता बहाना बनाने लगी परन्तु सुधा ने उसे बताने पर मजबूर कर दिया। ममता की आँखे डबडबा आईं। उसने बताना शुरू किया। एक निर्धन परिवार की बेटी थी ममता। उसने भी खुशहाल जीवन का सपना देखा था। जब उसकी शादी हुई, वह भी और लड़कियों की तरह बहुत खुश हुई। पर यह क्या? शादी की पहली रात ही को उसका पति शराब पीकर आया और उसके साथ अनैतिक रूप से शारीरिक सम्बंध बनाए। पति ने केवल अपनी हवस देखी, ममता का दुख नहीं। पहली बार जब किसी लड़की के साथ विशेषकर अपनी पत्नी से शारीरिक सम्बंध बनाए जाते हैं तो बहुत सी बातों का ख्याल रखना पड़ता है। ममता को बहुत दर्द हुआ, असहनीय पीड़ा हुई, पर वह कुछ ना कह सकी। उसके सभी कपड़े खून से भर गए

परन्तु उसके पति को उस पर जरा भी दया नहीं आई। अगले दिन सुबह उठकर दर्द के साथ ही रसोई बनाई। सब महमानों को भोजन पानी दिया। रात को फिर वही सब गंदे ढंग से सम्बंध। बहुत कम बार ऐसा हुआ होगा जब ममता के साथ सही ढंग से शारीरिक सम्बंध बने हो। तभी उसके दो बच्चों ने जन्म लिया था। अब तो आए दिन अनैतिक व्यवहार ही होता था। ममता का पति केवल अपनी हवस मिटाता था। उसे ममता से कोई सहानुभूति नहीं थी। रात में कई-कई बार वह ममता को जगाकर उसके साथ अनैतिकता पूर्ण शारीरिक सम्बंध बनाता था। एक बार तो हद ही हो गई जब उसके पति ने ममता के साथ लगातार एक ही पोजीशन मे सम्बंध बनाए। जिस कारण ममता का नीचे का सारा हिस्सा फट गया। तब ममता मौत के मुँह से बची थी और काफी दिनों तक अस्पताल में भर्ती रही थी। डाक्टरों ने ममता के पति को समझाया था कि ममता के साथ इस प्रकार करना सही नहीं है। पति को कंडोम का प्रयोग करना चाहिए। पहले तो पति ने स्वीकृति से सिर हिला दिया परन्तु जैसे ही ममता ठीक होकर घर आई, उसने वैसा ही किया जैसे पहले किया करता था। इस बार उसके पति ने उसे अजीब पोजीशन में सैक्स करते हुए वीडियो दिखाई और वैसा ही करने के लिए ममता को कहा। ममता को बहुत घिन आई और उसने मना कर दिया। तब उसके पति ने ममता के नग्न शरीर पर बेल्ट से पिटाई की थी। ममता बुरी तरह काँप उठी थी। ममता ने इसकी शिकायत अपनी सास से की थी। पर सास ने उलटा ममता ही को डाँटते हुए कहा कि वह उसे इस घर में अपने बेटे को खुश करने के लिए लाई है। यहाँ तक कि मुस्कान को भी पति और सास पसंद नहीं करते थे। उसके लिए कोई अमीर बड़ी आयु का आदमी ढूंढ रहे हैं जिससे मुस्कान की शादी करवाई जा सके और घर मे कुछ पैसे आ जाएँ। सुधा ममता की बातें बड़े ध्यान से सुनती जा रही थी। ममता के चेहरे पर बेबसी की रेखाएँ स्पष्ट रूप से दिखाई दे रही थीं। पर वह क्या कर सकती थी? यह एक ऐसा मामला था जिसमें अकेले सुधा कुछ भी नहीं कर सकती थी। ममता को अपने पति की शिकायत करने के बारे मे दस बार सोचना था। वह उसके

लिए तैयार नहीं थी। ममता और मुस्कान के चले जाने के बाद सुधा ने शहर में अपनी वकील सहेली से इस विषय में बात की। उसकी सहेली बोली कि जब तक ममता खुद बयान नहीं देगी तब तक कोई भी उसकी बात पर विश्वास नहीं करेगा। समय सभी का बदलता है। प्रयास करने से समस्या का हल अवश्य निकलता है। अगले वर्ष मुस्कान पाँचवी कक्षा में आ गई। सुधा ने ममता को काफी समझाया और महिला पुलिस के सामने बयान देने को राजी कर लिया। ममता की चिकित्सकीय जाँच हुई। जाँच में खुलासा हुआ कि ममता के साथ गलत ढंग से सैक्स प्रक्रिया होती आई थी। उसके मुँह और गले की भी जाँच की गई। सबकुछ सामने आ चुका था। ममता के पति और सास ने ममता को बहुत डराया धमकाया परन्तु सुधा और महिला पुलिस ने ममता को पूरी सुरक्षा प्रदान की। जिस कारण ममता अपने पति और सास के विरुद्ध बयान देने को तैयार हुई। पति और सास को जेल भेज दिया गया। सुधा के प्रयासों से एक बेबस महिला को न्याय मिला।

हमारे समाज में ना जाने कितनी ममता होंगी जो इस प्रकार के गंदे ढंग से सैक्स को बर्दाश्त कर रही होंगी और ऐसी बेबस ज़िंदगी जीने को मजबूर होंगी। यहाँ ममता को सुधा ने न्याय दिलाया। पर वो महिलाएँ जो अभी भी इस दलदल में फंसी हैं उन्हें कौन बाहर निकालेगा?

आवश्यकता है नारी को नारी के लिए खड़ा होने की। एक नारी यदि चाहे तो दूसरी नारी को उसका सम्मान दिला सकती है।

राहों में काँटे बिछे हैं
बहुत कठिन जीवन है।
पुरुषों के बनाए समाज में
कहाँ सुरक्षित नारी है?
नारी बेबस, मजबूर हो जाती है
जब नारी द्वारा ही सताई जाती है।

वेश्यावृत्ति : क्या नारी दोषी है?

करके शरीर गंदा नारी का,
खुद पूछते हो कि
नारी ने ऐसा क्यों किया?
एक नारी से मत पूछो कोई भी प्रश्न,
जो किया पुरुषों ने ही किया।
करके अपवित्र नारी को,
छोड़ दिया बीच बाजार में।
कहाँ जाए बेचारी?
तड़पती रहती सुबह-शाम।

''इज्जत'' नारी का गहना है। इज्जत, सम्मान अगर है तो सबकुछ है वरना कुछ नहीं। हम सभी स्वीकार करते हैं और मानते भी हैं कि सम्मान से बढ़कर कुछ भी नहीं। परिवार का पुरुष अपने घर की महिलाओं के सम्मान के प्रति काफी चिंतित देखा जाता है। परन्तु यह चिंता उस नारी के साथ क्यों नहीं दिखाई जाती जो एक वेश्या है और जिसके साथ पुरुष सोता है। अपने घर परिवार की बेटी तो सम्मानित है परन्तु दूसरे घर की बेटियाँ उसके साथ सोने लायक?

उफ्फ! कितनी गंदी सोच है ऐसे पुरुषों की। तब यह ख्याल क्यों नहीं आता कि वह लड़की भी किसी की बहू, बेटी, मां हो सकती है? उसका भी सम्मान हो सकता है?

एक सवाल जो हम सबको सोचने पर मजबूर करता है कि कोई भी लड़की अपनी इज्जत का सौदा क्यों करेगी या क्यों करती है?

आखिर क्या मजबूरियाँ होती हैं उसकी कि वह वेश्यावृत्ति के लिए तैयार हो जाती है? बात आगे बढ़ाते हुए पहले जानते है वेश्यावृत्ति क्या है?

वेश्यावृत्ति का साधारण अर्थ है ''भ्रष्टता, अपवित्रता, अपमान, बेइज्जत होना।''

कुछ पैसे कमाने के लिए ग्राहकों की आवश्यकताओं को पूरा करना जैसे कि अपना शरीर उस पुरुष को उसकी यौन संतुष्टि के लिए सौंपना, जो उसे उस शरीर के लिए पैसे देगा।

शरीर के बदले पैसा। यह काफी पुराना व्यवसाय है जो काफी समय से चला आ रहा है। एक तरह का व्यापार है जिसमें शरीर और सम्मान, इज्जत, आबरू की नीलामी होती है। ''वेश्यावृत्ति'' समाज में मान्य और अमान्य दोनों के तराजू पर बराबर है। पर कुछ सवाल हमारे मन को घेरकर खड़े हो जाते हैं....

पहला सवाल आखिर हम इस व्यापार को मान्यता देते ही क्यों हैं?

दूसरा सवाल किन परिस्थितियों में यह स्थिति समाज में उत्पन्न हुई?

तीसरा सवाल क्या पुरुषों का कोई दोष नहीं?

चौथा सवाल इसे मान्यता मिलनी चाहिए या नहीं मिलनी चाहिए?

पाँचवा और महत्त्वपूर्ण सवाल इसमें नारी कहाँ तक जिम्मेदार है? या यह भी कहा जा सकता है कि इस में नारी दोषी है या नारी को दोषी माना जाएं?

आज हम बात करते हैं शिखा की। शिखा अभी मात्र तीन वर्ष की ही थी। उसकी माँ का अचानक देहांत हो गया। उसके पिता ने शिखा की देखभाल करने के लिए दूसरी शादी कर ली। घर में बूढ़ी दादी थी और नई माँ सुजाता। दादी को आँखों से कम दिखाई देता था इसलिए वह सुजाता बहू की चालाकियों को समझ नहीं पाई। अपनी माँ अपनी ही होती है। सुजाता की भी दो बेटियाँ हो गई। अब सुजाता को शिखा एक आँख नहीं भाती थी। शिखा दस-बारह वर्ष की हुई तो सुजाता

ने उसे घर से बाहर निकालने का उपाय ढूंढना शुरू कर दिया। अचानक शिखा के पिता को सप्ताह भर के लिए ऑफिस के काम से कहीं दूर जाना पड़ा। सुजाता ने मौका देख अपनी कामवाली के साथ मिलकर शिखा का अपहरण करवा दिया। बहुत ढूंढा गया, पर शिखा का कहीं पता नहीं चल पाया। सब परेशान, पर अब कर भी क्या सकते थे? उधर शिखा एक महिला के हाथ लग गई, जो वेश्यावृत्ति का धंधा चलाती थी। शिखा मासूम थी। कुछ भी नहीं जानती थीं। वह बहुत छटपटाई, पर वहाँ से निकल ना सकी। उसका शरीर अभी काफी छोटा था। उसको हारमोन्स के टीके लगाए गए और शरीर को डवलप किया गया। अब शिखा बीस वर्ष की युवती लगने लगी थी। एक साल ही में सम्पूर्ण सुंदर युवती बन चुकी थी शिखा। उसके शरीर के अंग और उसकी सुंदरता को देखकर सभी दंग रह जाते थे। वह महिला शिखा से वेश्यावृत्ति कराकर पैसे कमाना चाहती थी। उसके शरीर की बोलियाँ लगाई जाती थी। जिसने सबसे अधिक पैसे दिए थे उसी ने सबसे पहले उसका शील भंग किया था। बहुत चिल्लाई, रोई, गिड़गिड़ाई पर वहाँ उसकी आवाज सुनने वाला कोई नहीं था। अब प्रतिदिन छोटी और बड़ी उम्र के व्यक्तियों द्वारा शिखा की आबरू लूटी जाने लगी। उसका शरीर बेचा जाने लगा। तीन चार साल में शिखा इतनी निपुण हो गई कि खुद ही इस धंधे मे लिप्त हो गई। अब उसे अपने शरीर को बेचने व पैसा कमाने के लिए किसी अन्य की कोई आवश्यकता नहीं थी। वह खुद अपनी रात फिक्स करती और कभी होटल, कभी रिसोर्ट में चली जाती। शिखा के पास कुँवारे लड़कों से अधिक शादीशुदा पुरुष आया करते थे। जो अपनी पत्नियों के सामने शरीफ बनकर रहते थे। शिखा को उसकी सौतेली माँ के कारण वेश्यावृत्ति मे आना पड़ा।

इसमे दोष किसका है? उस पिता का जिसने दूसरा विवाह किया या उस सौतेली माँ का जिसने मासूम शिखा का बचपन उससे छीन लिया था?

अब बात करते हैं नुसरत बानो की। नुसरत बानो पढ़ाई में बहुत अच्छी थी और देखने में भी बहुत सुंदर थी। अपने

अम्मी-अब्बू की लाडली थी। कहते हैं बुरा वक्त कभी कहकर नहीं आता। व्यापार में घाटा हो जाने के कारण नुसरत के पिता ने आत्महत्या कर ली। अब नुसरत और उसकी अम्मी अकेले रह गए। नुसरत की अम्मी नुसरत को लेकर अपने जेठ के पास लखनऊ चली आई। इन दोनों को अपने पास रखकर जेठ-जेठानी बहुत खुश हुए। कुछ दिनों तक सब ठीक चलता रहा। नुसरत की अम्मी ने देखा कि जेठ जी का चाल-चलन अधिक अच्छा नहीं है। वह शराब पीते हैं और उनके घर में अन्य लोग भी आते जाते हैं। अपनी पत्नी को वह इन सबसे अलग रखते हैं। घर में एक अलग कमरा बना हुआ हैं, जहाँ जेठ जी अपने मित्रों के साथ शराब पीकर औरतों का नाच गाना सब करवाते हैं। जेठानी की इतनी हिम्मत नहीं कि उन्हें कुछ कह सके। एक बार नुसरत की अम्मी ने अपनी जेठानी से इस विषय में बात की भी थी तो जेठानी ने कहा कि अगर वह अपने शौहर के विरुद्ध कुछ भी कहेगी तो शौहर उसे तलाक दे देंगे और फिर वह कहीं की नहीं रहेगी। तलाक के डर से अपने पति को दूसरी औरतों के साथ देखना, सम्बंधों मे लिप्त होना एक नारी की मजबूरी बन चुकी थी।

ऐसे ही एक दिन जेठ जी अपने कमरे में अपने दोस्तों के साथ महफिल में व्यस्त थे। नुसरत को पता नहीं था कि उनके कमरे में किसी को जाने की इजाजत नहीं है। वह खेल खेल में उनके कमरे मे चली गई। वहाँ का दृश्य देखकर उसके होश उड़ गए। ताऊजी अपने मित्रों के साथ बैठे शराब पी रहे थे और सामने एक महिला अर्धनग्न वस्त्रों में नाच रही थी। नुसरत को कुछ समझ में नहीं आया और वह घबराकर वापिस लौटने के लिए जैसे ही मुड़ी तो ताऊ के दोस्तों ने उसे पकड़ लिया और दरवाजा अंदर से बंद कर लिया। फिर क्या था जितने भी कमरे मे मर्द थे सबने नुसरत की इज्जत को तार-तार कर दिया। वह चिल्लाई, गिड़गिड़ाई पर किसी को उस पर तरस नहीं आया। शराबी को वैसे भी होश कहाँ रहता है। आज उसका सबकुछ उसके अपने ने ही लूट लिया था। शिकायत करे भी तो किससे। अम्मी को बताया। अम्मी क्या कर सकती थी? वह चुपचाप उसे लेकर अपने शहर वापिस

आ गई। अब वहाँ खाने की परेशानी। क्या करें और क्या ना करें? नुसरत एक औरत के सम्पर्क में आई जो वेश्यावृत्ति का धंधा करती थी। नुसरत उसमें शामिल हो गई। नुसरत भी क्या करती? अपना व अपनी मां का पेट तो भरना ही था। फिर वह कर ही क्या सकती है? समाज उसे अपनाता नहीं। लोग तरह-तरह की बातें बनाते वो अलग। इससे अच्छा तो नुसरत के लिए यही है कि अगर वह इस धंधे के माध्यम से कुछ पैसे कमाकर अपना व अपने परिवार का पेट भरती है तो क्या गलत करती है? इसमें नुसरत का दोष कहाँ है? अगर वह कहीं कोई छोटी मोटी नौकरी भी करती तो क्या पता वहाँ भी किसी का शिकार बन जाती। समाज में चप्पे चप्पे पर भेड़िए बैठे हैं।

अब बात करते हैं पूजा की। पूजा को विजय से प्यार हो गया। अच्छे परिवार की लड़की थी। विजय के माता पिता भी पूजा और विजय की शादी के लिए तैयार हो गए। तीन महीने बाद शादी का मुहूर्त निकला। विजय पूजा को शॉपिंग कराने के बहाने होटल में ले गया और यह कहकर उसके साथ संबंध बनाएँ कि अब तो शादी हो ही जायेगी। पूजा के लाख मना करने के बाद भी विजय नहीं माना और पूजा को शादी से पहले ही गर्भवती कर दिया। शादी से पूर्व गर्भवती होना किसी भी माता-पिता के लिए बेहद शरम की बात होती है। पूजा के माता-पिता का सिर शर्म से झुक गया और विजय ने पूजा के साथ शादी करने से इंकार कर दिया। पूजा घर छोड़कर चली गई और पहुँची वेश्यावृत्ति के अड्डे पर। जहाँ उसने एक बच्चे को जन्म दिया और बन गई पूजा से पुष्पा बाई। बच्चे की परवरिश और अपने लिए भोजन ने उसे वेश्यावृत्ति का धंधा अपनाने को मजबूर कर दिया। शुरूआत हुई विजय के धोखे से। यहाँ तीन महिलाओं की कहानी प्रस्तुत की गई है जिनमें यही बात स्पष्ट रूप से देखी जा सकती है कि तीनों अपनों की सताई हुई हैं और मजबूरी में इस धंधे मे शामिल हुई हैं।

कुछ अपनी गरीबी के कारण भी यह सब करती हैं। कहीं कहीं पर अपनी दैहिक इच्छा पूर्ति के लिए महिलाएँ इस में लिप्त होती देखी गई हैं जिन्हें पति का प्यार नहीं मिलता। परन्तु इसका मुख्य कारण पैसा कमाना है।

''वेश्यावृत्ति'' का क्षेत्र बहुत विस्तृत है। यह व्यवसाय इस समय पूरे विश्व में फैला हुआ है। कुछ जगहों पर यह कानूनी मान्यता प्राप्त है तो कई जगह चोरी-छुपे यह धंधा चल रहा है। विदेशों में यह व्यवसाय पूरी तरह मान्यता प्राप्त है। स्वीडन में तो बकायदा इस पर टैक्स भी वसूला जाता है।

बड़े शहरों में रेड लाइट एरिया के नाम से प्रसिद्ध है। सरकार ने कहा है कि वेश्यावृत्ति एक अपराध है। इसमे लिप्त प्रत्येक नारी मुजरिम है तो फिर रेड लाइट एरिया का निर्माण ही क्यों किया गया है? ऐसा माना गया है कि सरकार ने रेड लाइट एरिया में लाइसेंस वेश्यावृत्ति के लिए नहीं बल्कि मुजरा और नाच गाने के लिए दिया है। लेकिन यह भी सच है कि इन लाइसेंसों का गलत उपयोग कर कुछ लोग यहाँ वेश्यावृत्ति का धंधा चलाते हैं। सब जानकर भी अंजान बनते हैं।

सच तो यह है कि वेश्या अपनी इच्छा से नहीं बनती, मजबूरी में बनती हैं। वेश्याओं के लिए भी वो सारी सुविधाएं उपलब्ध होनी चाहिए जो किसी सामाजिक व्यक्ति के लिए होती है। जब एक पुरुष वेश्याओं के साथ हम बिस्तर होने में शर्म महसूस नहीं करता फिर इन्हें मान्यता देने से पीछे क्यों हट जाता हैं? वेश्याएं अपने मन और शरीर से समाज के पुरुषों की प्यास और भूख को शांत करती हैं और बदले में समाज उसे बेहद गंदे शब्दों जैसे रखैल, वेश्या, धंधेवाली आदि उपाधियों से सुशोभित करता है। यह कैसा इंसाफ है? शायद इसलिए कि वह एक महिला है। वेश्यावृत्ति को मान्यता मिलनी चाहिए या नहीं? इस पर भी प्रकाश डाल लेते हैं।

एक पुरुष जो शादी शुदा है वह अपनी पत्नी से झूठ बोलकर किसी अन्य महिला के पास अपनी शारिरिक हवस मिटाने जाता है। दूसरी बात एक पुरुष द्वारा किसी बच्ची, महिला या अपने ही परिवार में किसी नारी का बलात्कार किया जाता है तो ऐसे में वेश्यावृत्ति को कानूनी मान्यता देने से सबसे ज्यादा लाभ यह होगा कि समाज में बलात्कार जैसे काण्ड कम हो जाएंगे। पश्चिमी देशों में रेप और बलात्कार कम होने की मुख्य वजह यही है। जब पुरुष की वासना या हवस, प्यास

का रूप धारण कर लेती है तब वह उस प्यास को बुझाने के लिए हर संभव कोशिश करता है और ऐसे में भूलवश ही सही वह बलात्कार और रेप जैसे जघन्य अपराध कर बैठता है। जब प्यास बुझाने के साधन आसपास ही मौजूद होंगे, तब ऐसे अपराधों से भी निजात मिलेगी। यदि सरकार बलात्कार जैसी समस्याओं से नहीं निपट सकती तो इस को मान्यता देने से कैसा परहेज?

वेश्यावृत्ति को अगर मान्यता नहीं दे सकते तो यह भी कुछ हल हैं:-

हमारे देश का कानून इतना सख्त कर दिया जाए कि जहाँ भी नारी का शोषण हो, उसपर अत्याचार किए जाते हों, वहीं शोषण करने वाले को पकड़कर सजा दे देनी चाहिए। सख्त नियम बना देने चाहिए।

बलात्कारी को सबके सामने फांसी पर लटका देना चाहिए। इससे भी जरूरी यह है कि भारत की सामाजिक संरचना को कोई हानि ना पहुँचे। इस प्रकार का सख्त नियंत्रण लागू कर देना चाहिये जो अव्यस्क लड़कियों को इस काम के लिए मजबूर ना कर सके। समाज में लगातार महिलाओं के प्रति फैलती असुरक्षा की भावना व जबरदस्ती प्रेम स्वीकार ना कर पाने के कारण उन पर तेजाब फेंक देने की घटनाएँ आम होती जा रही हैं।

मेरा यह लेख लिखने का मुख्य उद्देश्य केवल समाज में नारी जाति को सुरक्षा प्रदान करवाना है और साथ ही नारी का अधिकार नारी के पास सुरक्षित हो। नारी को अपने अधिकारों का पूर्ण रूप से ज्ञान हो।

बहनों, यह मेरे अपने स्वतंत्र विचार हैं। आप सभी के विचार मुझसे अलग हो सकते हैं परन्तु नारी को नारी के हक के लिए स्वयं आगे आना ही होगा।

नारी अकेली तब तक,
जब तक उसके साथ नहीं
कोई दूसरी नारी।
जिस दिन समझ गई एक नारी,
पीड़ा दूसरी नारी की,
समझो उस दिन बदल गई
दुनिया सारी।।
अधिकार न मिले तो
उन्हें छीनकर हासिल करना होगा,
अपने सम्मान के लिए लड़ना होगा,
तभी समझेगी नारी को
यह दुनिया सारी।।

कहानी : बिना अपराध सजा

''प्रियंका देखो तुम्हारी माँ आ रही हैं।'' सुधार गृह की वॉर्डन ने एक महिला की ओर इशारा करते हुए सामने बैठी लड़की से कहा।

मैडम, क्या मैं अपनी माँ को अपने साथ ले जा सकती हूँ? ''अचानक कुर्सी से उठते हुए वह लड़की बोली।''

''हाँ ! क्यों नहीं?''

''मिस प्रियंका! इन बीस वर्षों मे तुम्हारी माँ ने बहुत कष्ट उठाए हैं.... उनको आराम देना। वह बहुत अच्छी औरत है।''

प्रियंका ने 'हाँ' में सिर हिलाया और अपनी माँ को सफेद रंग की कार में बैठा कर अपने साथ ले गई। वॉर्डन ने ऐसा क्यों कहा कि उसकी माँ बहुत अच्छी है? अगर ऐसा था तो इतने दिनों तक उन्होंने उसकी माँ को सुधार गृह में क्यों रखा हुआ था? वहाँ से घर क्यों नहीं भेज दिया था? बहुत सारे प्रश्न मन में लिए प्रियंका की कार एक बड़े से घर के सामने रुकी और वह अपनी माँ को अंदर ले आई।

''राजदुलारी! मेरे कमरे में माँ का सामान रख दो और माँ की जरूरत का सारा सामान माँ के लिए बाजार से लाकर दो। ''राजदुलारी प्रियंका की वफादार नौकरानी थी। जब से प्रियंका की नौकरी लगी थी तभी से वह प्रियंका के साथ ही रहती थी। प्रियंका बंगलौर से एमबीए करके आई थी। उसने एक दो स्थानों पर इंटरव्यू दिया था तो दिल्ली आते ही उसकी नौकरी भी लग गई। सब कुछ प्रियंका को कम्पनी ने ही दिया था। प्रियंका को बचपन में बताया गया था कि उसकी माँ की मानसिक स्थिति सही नहीं है तभी उन्हें अस्पताल में भर्ती किया हुआ है। प्रियंका को उसके ताऊजी ने बाहर पढ़ने के लिए भेज दिया था। वहाँ से प्रियंका को अपनी माँ के बारे में

खबरें मिलती रहती थीं इसलिए आते ही वह सीधे सुधार गृह गई। अभी प्रियंका के सामने एक बड़ा सवाल यह भी था कि माँ अस्पताल की बजाय सुधार गृह में क्यों ले जाई गई? ठीक हो जाने के बाद भी उसे घर क्यों नहीं भेजा गया? इन सब बातों से अंजान प्रियंका ने अपनी माँ को प्यार से अपने हाथों से खाना खिलाया। उनसे बातें की और उनके साथ एक ही बैड पर सो गई। अगले दिन प्रियंका ने ऑफिस से छुट्टी ली और माँ को घुमाने बाहर ले गई। कहने को प्रियंका की अभी नई नौकरी लगी थी। छुट्टी मिलना मुश्किल था परन्तु माँ की बीमारी के कारण प्रियंका को एक सप्ताह की छुट्टी मिल गई। प्रियंका ने देखा कि माँ हंसते हंसते गंभीर हो जाती थी और बीच बीच में उसकी आँखों से आँसू बहनें लगते थे। माँ एक वाक्य अक्सर बोलती थी कि ''विजय तुम्हारे जाने के बाद सब कुछ बदल गया।''

प्रियंका कुछ पूछती तो माँ हंसकर टाल देती।

एक सप्ताह बाद प्रियंका ऑफिस गई और वहाँ से सीधे सुधार गृह गई। वहाँ की वॉर्डन से मिलने पहुँची। सुधार गृह की वॉर्डन ने जो भी कुछ प्रियंका को उसकी माँ के बारे में बताया उसे सुनकर प्रियंका के होश उड़ गए।

नोएडा की रहने वाली सुधा को दिल्ली के एक धनी बिजनेस परिवार के बेटे विजय ने एक विवाह समारोह मे पसंद कर लिया और परिवार वालों के विरुद्ध जाकर शादी भी कर ली।

विजय का परिवार दिल्ली के प्रतिष्ठित परिवारों में से एक जाना–माना परिवार था। विजय की बड़ी भाभी विजय का विवाह अपने मामा की बेटी से करवाना चाहती थी। उसके मामा बहुत अमीर थे और शादी में फैक्टरी देने वाले थे। पर विजय ने अपनी इच्छा से विवाह कर सबके मंसूबों पर पानी फेर दिया।

भाभी तो क्रधित थी ही, विजय के दोनों भाई भी गुस्से से भरे हुए थे। पर घर में एक व्यक्ति ऐसा था जो विजय और सुधा को स्वीकार कर चुका था। वह थे विजय के पिताजी।

उन्होंने कहा कि, ''कोई बात नहीं अगर विजय ने अपनी इच्छा से शादी कर भी ली तो क्या हुआ?''

दोनों भाईयों को उनकी पत्नियों ने अंदर ही अंदर भड़काना शुरू कर दिया। दोनों जेठानी सुधा को एक आँख भी पसंद नहीं करती थी।

उन्होंने विजय और सुधा को घर से बाहर निकालने की प्लानिंग शुरू कर दी। उधर सुधा ने एक पुत्री को जन्म दिया। यही वह प्रियंका थी।

घर में दादा की लाडली होने के कारण सुधा को दादा से और प्यार मिलने लगा। फिर भाईयों का षड्चंत्र एक दो वर्ष के लिए कामयाब न हो सका। तीन वर्ष बाद सुधा ने एक पुत्र को भी जन्म दिया। अब तो विजय के भाई और भाभियों से यह सब बर्दाश्त करना कठिन हो रहा था। दादा ने देखा कि उनके बड़े दोनों बेटे, छोटे बेटा–बहू, विजय और सुधा को कभी भी कष्ट पहुँचा सकते हैं। उन्होंने परिवार के हालातों को देखते हुए सारी जायदाद विजय के नाम लिखवा दी।

अब जायदाद पर विजय और बाद में उसके पुत्र का अधिकार था। घर में खूब महाभारत हुई। दादा ने अपना फैसला नहीं बदला। भाभियों ने चाल चली कि किसी तरह से सुधा को मार दिया जाए फिर विजय की दूसरी शादी कर, उसे अपने साथ मिला लेंगे। और बच्चों को भी ठिकाने लगा देंगे। चार वर्ष के बाद प्रियंका स्कूल जाने लगी। बड़ी भाभी काफी दिनों से चाल चलने की सोच रही थी। एक दिन घर में ससुर अपने कमरे में सो रहे थे। दोनों भाई कारोबार के सिलसिले में बाहर गए हुए थे। प्रियंका स्कूल गई थी। विजय ने उस दिन ऑफिस से छुट्टी ली थी।

बड़ी बहू ने चाय बनाई और बड़े प्यार से सुधा से कहा कि यह चाय तुम पी लो, हम बहुओं ने अपने हाथों से बनाई है।

सीधी–साधी सुधा बहुओं की चाल ना समझ पाई और

चाय पीने लगी। पर, ये क्या विजय ने उसके हाथों से चाय का कप लेकर खुद चाय पीने का आग्रह किया। सुधा इंकार ना कर सकी। बेटा वहीं पास बैठा खेल रहा था। जैसे ही विजय ने चाय पी वैसे ही नीचे गिरकर तड़पने लगा। सुधा के चिल्लाने से भाभियाँ और ससुर आ गए। पर भाभियों ने सारा आरोप सुधा पर लगा दिया कि इसने जायदाद के चक्कर में अपने पति को जहर देकर मार डाला। सुधा लाख चिल्लाई। पर उसे जबरदस्ती पुलिस के हवाले कर दिया गया।

ससुर की भी नहीं चली। सारे सबूत सुधा के खिलाफ थे। प्रियंका और उसके पुत्र को सुधा से मिलने नहीं दिया गया।

एक दिन बड़े भाई सुधा से मिलने जेल में आए और उससे जायदाद अपने नाम करवाने को कहा। सुधा ने साफ मना कर दिया।

कुछ महीनों के बाद सुधा को यह बताया गया कि उसके ससुर और बेटे की एक कार दुर्घटना में मृत्यु हो गई है और प्रियंका को हॉस्टल मे भेज दिया गया है। पहले पति फिर पिता समान ससुर और अब बेटा भी। सुनकर किसी भी स्त्री के लिए सहन कर पाना संभव नहीं होगा। सुधा बेहोश हो गई और जब होश आया तो पागलों की तरह चिल्लाने लगी। सबने यही समझा कि वह पागल हो चुकी है। सुधा को 'मानसिक रोग' अस्पताल में भर्ती करवाया गया। जहाँ वह आठ दस महीने रही। थोड़ी बहुत ठीक हुई। वहाँ भी वह कुछ सोचती रहती थी, पर किसी को भी कुछ नहीं कहती थी। उसकी हालत में परिवर्तन होता देख उसे सुधार गृह भेज दिया गया। वहाँ वह पौधों की देखभाल करती और सब्जियाँ आदि उगाती थी। सुधा बहुत अच्छे व्यवहार की नारी थी। सबकी सहायता करने के लिए तत्पर रहती थी। किसी से ना कोई लड़ाई ना झगड़ा। एक दम शांत रहती थी। वहाँ की वॉर्डन उसे बहुत पसंद करती थी। उसी ने प्रियंका को फोन करके बैंगलोर से यहाँ बुलाया था कि अब समय पूरा हो चुका है और वह अपनी माँ को ले जा सकती है। वॉर्डन के सामने बैठी प्रियंका फूट फूटकर रोने लगी। उसके मन में एक सवाल बार बार आ रहा था कि उसकी माँ ने अपनी सारी जवानी सजा के रूप में निकाल दी, वो भी एक

ऐसे अपराध के लिए जो उसने किया ही नहीं था। वह बेकसूर थी। एक सच्चा प्रेम करने वाली पत्नी थी। प्रियंका ने वॉर्डन से पूछा कि आपको सुधा के बारे में इतना कुछ कैसे पता है? तो वार्डन ने हंसकर कहा कि ''बेटी, अभी एक और सच्चाई तुम्हें बतानी बाकी है। तब तुम सब समझ जाओगी।'' वार्डन ने किसी को फोन किया। आधे घंटे में एक नौजवान युवक मनोज नाम का प्रियंका के सामने खड़ा था।

वॉर्डन ने प्रियंका से बताया कि यह उसका सगा भाई है। पूछे जाने पर कि वह तो दादा जी के साथ एक दुर्घटना में मारा गया था। वॉर्डन ने एक और रहस्य से परदा उठाया।

वॉर्डन बोली कि सुधा के जेल चले जाने के बाद परिवार में प्रियंका और मनोज को ढंग से खाने को भी नहीं दिया जाता था। दादा जी ही दोनों को अपने सीने से लगाकर रखते थे। उन्हीं के कहने पर प्रियंका को बैंगलोर पढ़ने के लिए भेजा गया था।

एक बार प्रियंका के दादाजी ने अपने बेटों से यह इच्छा व्यक्त की थी कि वह प्रियंका से मिलने जाना चाहते हैं। मनोज को भी वह साथ ले जाना चाहते थे क्योंकि उनका बड़ा बेटा, बहू मनोज के पीछे जायदाद के चक्कर में पड़े हुए थे और उसे कभी भी मार सकते थे। दादाजी ने पुलिस में शिकायत दर्ज करवाई थी। तभी से सब थोड़ा डरे हुए थे। बैंगलौर जाने से पूर्व रात में दादाजी ने अपने बड़े बेटे को फोन पर बात करते हुए सुन लिया था कि बैंगलौर से आते समय कार का एक्सीडेंट करवा देना। जिससे दादा पोता दोनों मर जाएँ और यह एक हादसा समझा जायेगा, फिर सब जायदाद उनकी ही होगी दादाजी ने रात ही रात में एक प्लान तैयार किया और अपने वफादार ड्राइवर के साथ सुबह बंगलौर के लिए निकल पड़े।

उन्होंने चुपके से ड्राइवर से कुछ कहा। उसने तुरंत गाड़ी सुधारगृह की तरफ मोड़ ली। वहाँ उतरकर दादाजी ने वॉर्डन को कुछ जरूरी कागज़ात दिए और मनोज को उसे सौंपकर कहा कि, ''इसकी जान खतरे में है। इसे बचा लो।''

तब वॉर्डन के पूछने पर ही वॉर्डन को सुधा से सम्बंधित

सारी सच्चाई का पता उसके ससुर जी से चला था।

मनोज को वॉर्डन के हाथों में सौंपकर दादाजी बैंगलोर की ओर निकल गए। बंगलौर में जाकर उन्होंने वहाँ की प्रिंसीपल और हॉस्टल की हैड प्रिंसीपल को ''प्रियंका की जान खतरे में है'' बताकर आग्रह किया कि जब तक प्रियंका बड़ी नहीं हो जाती और नौकरी नहीं कर लेती तब तक चाहे कोई भी इसे लेने आए बिल्कुल भी विश्वास मत करना और ना ही किसी के साथ इसे भेजना। उन्होंने अपने सभी शेयर, सोना सब प्रियंका की फीस के लिए दे दिया और निश्चिंत होकर घर की ओर प्रास्थान किया। जब वह वापिस आ रहे थे बीच रास्ते में एक ट्रक ने उन्हें टक्कर मार दी और कार एक गहरी खाई में जा गिरी। भाइयों ने यही समझा कि शायद दादा के साथ पोता भी यमलोक पहुँच चुके हैं।

सुधा को यह बात इसलिए नहीं बताई कि अगर उसके जरिए जेठ को पता चलेगी तो वह बच्चे की जान लेने पर उतारू हो जायेंगे।

प्रियंका को वॉर्डन ने ही फोन करके माँ के बारे में बताया था। तभी उसे पता चला था और वह उसे लेने आई थी। वॉर्डन ने मनोज के साथ कुछ जरूरी कागजात भी प्रियंका को दे दिए। प्रियंका मनोज को गले लगाकर भावुक हो उठी। मनोज का हाथ पकड़कर प्रियंका तेजी से कदम बढ़ाकर माँ के पास चली जाना चाहती थी।

थोड़ी देर में वह घर में माँ के सामने खड़ी थी।

सुधा ने देर से आने का कारण पूछा तो प्रियंका ने सब बता दिया और मनोज की सच्चाई भी बताई। सुधा को लगा जैसे विजय ही उसके सामने खड़ा है। वह मनोज और प्रियंका को पकड़कर तेज तेज रोने लगी कि मानो कब से आँसू छुपाकर रखे थे उसने। आधे घंटे रो लेने के पश्चात उसने मनोज और प्रियंका से बात की। उनके साथ समय बिताया और विजय को बहुत याद किया। अगले दिन मनोज और प्रियंका एक प्रतिष्ठित वकील से मिले और सुधा का सारा केस रिओपन करवाया। प्रियंका और मनोज ने बहुत मेहनत की। सब गवाह इकट्ठा

किए और अपने दोनों ताऊ, ताई के विरुद्ध केस दर्ज कराया। वकीलों की खूब दलीलें हुई। सारे सबूत सामने आए। सुधा के केस की सारी सच्चाई और गवाह सब सामने आ गए।

समय तो लगा पर तहकीकात करने के बाद सुधा पर सब आरोप गलत व बेबुनियाद पाए गए। सुधा ने अपनी सारी जवानी जेल की सलाखों के पीछे गुजार दी थी, वह भी एक ऐसे अपराध के लिए जो उसने किया ही नहीं था।

आज प्रियंका और मनोज के कारण सुधा को इंसाफ मिल पाया था। दोनों ताऊ और उनका पूरा परिवार जेल में था। अगले दिन के सभी समाचार पत्रों में सुधा का केस ही छाया हुआ था। कल तक हत्यारिन व अपराधिन कही जाने वाली सुधा आज सबकी हीरोइन बन चुकी थी।

पर भाग्य को कुछ और ही मंजूर था। घर आकर सुधा ने मनोज और प्रियंका से कहा कि वह बहुत खुश है कि उसके बच्चे उसे मिल गए हैं। पर अब वह विजय के बिना इस संसार में नहीं रहना चाहती। प्रियंका और मनोज उसे कुछ कहते इससे पहले ही सुधा ने अपने बच्चों की बाहों मे दम तोड़ दिया। सुधा को इंसाफ मिला, बच्चे भी मिल गए पर अब जीवन शेष नहीं था।

हमारे समाज में आज भी ऐसी कितनी सुधा होंगी, जिन्हें हम जानते तक नहीं हैं और जो आज भी इंसाफ की राह देख रही हैं। सोचिये, अगर प्रियंका या मनोज नहीं होते और ना ही पिता समान ससुर होते तो सुधा का क्या हाल होता?

टूटे दिल को
जोड़ने की कोशिश में
ना जाने कब
खुद को खो देती है नारी....
अपना सबकुछ देकर भी
क्या कुछ पा जाती है नारी....?

मोहब्बत के निशान

रंग-बिरंगी झालरों से सजी मिर्ज़ा नूरूद्दीन साहब की हवेली आज दुल्हन की तरह लग रही थी। चारों ओर लाइटें, रंग बिरंगे बल्ब सजे थे। मेहमानों का आना-जाना लगा था। आज रात मिर्ज़ा साहब की इकलौती बेटी शबीना का निकाह इलाहाबाद के जुबैर अहमद के साथ होना तय हुआ था। शबीना अपने कमरे में बैठी कुछ सोच रही थी। सामने मेज पर शादी का ऊनाबी रंग का जोड़ा रखा था, साथ में नग जड़े कई सैट भी रखे थे। जो शबीना शाम को पहनने वाली थी। इतने में नौकरानी आई और शबीना से बोली–''बीबी, आपकी एक सहेली अनीता जी दिल्ली से आई हैं।'' अनीता का नाम सुनते ही शबीना की आँखों में चमक आ गई। वह जल्दी से उठी और अनीता को लाने के लिए कहा। शबीना बेसब्री से कमरें में टहलने लगी। थोड़ी देर में अनीता उसके सामने थी। शबीना उसके गले से लग गई और नौकरानी को नाश्ता लाने का इशारा कर बाहर भेज दिया।

''यह सब क्या है शबीना?'' अनीता ने उसके दोनों हाथों को झंझोड़ते हुए पूछा।

शबीना ने अपने बहते आँसू पोंछते हुए कहा–''मैं क्या करती मजबूर थी। मेरे अब्बा की इज्जत, खानदान की इज्जत का सवाल था।''

अनीता बोली–''पर, तुम बहुत पछताओगी। ''इतने में शबीना की भाभी आई और अनीता से मिलने के बाद बोली कि तुम इसकी सहेली हो, शबीना को यह जोड़ा शाम होने से पहले पहना देना और अच्छी तरह से तैयार कर देना। अनीता ने सहमति से सिर हिला दिया।

अनीता बोली–''अभी बारात आने में समय है, प्लीज मुझे बताओ? आखिर ऐसा क्या हुआ कि तुम्हें अविनाश को छोड़कर यूँ किसी अंजान से शादी के लिए 'हाँ' करनी पड़ी?''

अविनाश का नाम सुनते ही शबीना की आँखों से टप-टप आँसू बहने लगे। खुद को संभालते हुए वह बोली–''कभी कभी हमें दूसरो की खुशी के लिए अपने फैसले बदलने पड़ते हैं।''

उसके बाद शबीना ने जो अनीता को बताया अनीता सुनकर अचंभित हो गई।

शबीना के पिता मिर्ज़ा साहब मुरादाबाद के एक धनी कपड़े के व्यापारी थे। उसकी माता पास ही रामपुर की रहने वाली थीं। शबीना अपने दो बड़े भाईयों की सबसे छोटी, लाडली बहन थी। एक भाई इंजीनियर था और दूसरा पिता के साथ कपड़े के व्यापार में साथ था। कुछ दिन पूर्व ही दोनों का विवाह हुआ था। दोनों भाभियाँ शबीना को बहुत प्यार करती थीं। परिवार में दो चाचा भी साथ रहते थे। संयुक्त परिवार था। शबीना के पिता सबसे बड़े भाई थे। शबीना बहुत सुंदर थी। नैन-नक्श तीखे थे। बाल घने और लंबे थे। शिक्षित परिवार था मिर्ज़ा साहब का। शबीना की स्कूली शिक्षा लड़कियों के साथ हुई परन्तु जब कॉलेज में आई तो लड़के, लड़की सब साथ में ही पढ़ते थे। पिताजी ने शबीना का दाखिला बी.ए. में डिग्री कालेज में करा दिया। शबीना की एक दो सहेलियाँ पिछले स्कूल वाली थी, उन्होंने भी इसी कॉलेज मे दाखिला ले लिया था। अब शबीना अपनी सहेलियों के साथ कॉलेज आती–जाती थी। उन सबके पास स्कूटी थी। शबीना के पास भी अपनी स्कूटी थी। जिस से वह कॉलेज आया–जाया करती थी। कॉलेज में तो हल्की फुल्की रैगिंग भी होती है। एक दिन सीनियर क्लास के छात्र-छात्राओं ने शबीना की पूरी क्लास को पकड़ लिया और इंटरव्यू लेने लगे। शबीना काफी घबरा गई। पहली बार लड़कों से सामना जो हुआ था। शबीना ने तो रोना शुरू कर दिया। अब सीनियर्स घबरा गए और वहाँ से चले गए। उनके बीच से एक सांवला सा परन्तु मन को मोहित कर लेने वाला लड़का निकलकर सामने आया और शबीना की तरफ रूमाल बढ़ाता हुआ बोला, ''–मैडम, इतना कमज़ोर बनोगी तो आगे कैसे बढ़ोगी?''....लो आँसू पोंछ लो।'' कहकर वह चला गया। शबीना प्रतिदिन कॉलेज जाती थी। यदि कभी कोई सीनियर कुछ

पूछता तो वह सांवला सा लड़का शबीना को आकर बचा लेता। कॉलेज में फ्रैशर पार्टी भी दी जानी थी। बी.ए. प्रथम वर्ष के छात्र छात्राओं को पार्टी के लिए बुलाया गया। शबीना भी गई। गोरा रंग, लंबे खुले बाल, ऊपर से काला सूट, शबीना बहुत खूबसूरत लग रही थी। सब का ध्यान शबीना की सुंदरता पर ही था। वह सांवला सा लड़का दूर ही से शबीना की सुंदरता को निहार रहा था और मुसकुरा रहा था। पार्टी में सबने गीत, कविता, गजल, चुटकुला सुनाया परन्तु शबीना ने कुछ नहीं सुनाया। सीनियर्स शबीना पर दबाव डालने लगे। इतने में वह सांवला लड़का आया और माइक हाथ में लेकर बोला–''मैं अविनाश हूँ और शबीना की जगह मैं कुछ सुनाने को तैयार हूँ। कृपया इन्हें परेशान ना किया जाए।'' अविनाश ने एक फिल्मी गीत गाया, ''तेरा मुझसे है पहले का नाता कोई...यूँ ही नहीं दिल लुभाता कोई'' सब को वह गीत बहुत पसंद आया। सबने तालियाँ बजाई। अनीता, जो अविनाश के साथ ही क्लास में पढ़ती थी, समझ गई कि अविनाश का झुकाव शबीना की तरफ हो रहा है। पार्टी समाप्त हो गई। सब अपनी-अपनी पढ़ाई में व्यस्त हो गए। एक बार सड़क पर शबीना की स्कूटी बीच रास्ते में रुक गई। सहेलियाँ सब आगे निकल गई। अब शबीना परेशान कि क्या करे? इतने में अविनाश आया और बोला–''मे आइ हेल्प यू?'' शबीना ने देखा कि वह उसके सीनियर थे। बोली–''हमारी स्कूटी चल नहीं रही, प्लीज एक बार चैक कर लीजिए।''

''मेरा नाम अविनाश है, आप मुझे अविनाश बुला सकती हैं।'' शबीना ने 'हाँ' में सिर हिला दिया और अविनाश ने स्कूटी स्टार्ट कर दी। वह घर चली गई। अब तो अविनाश किसी ना किसी बहाने से शबीना के करीब आने की तरकीब करने लगा। वह शबीना को छुप-छुप कर देखता और उसकी मदद करने की कोशिश करता रहता था। अनीता शबीना की अच्छी दोस्त बन चुकी थी।

एक दिन अनीता ने अविनाश को समझाया कि शबीना दूसरे धर्म की है प्लीज उसका पीछा करना छोड़ दो। अविनाश ने अनीता से कहा–''मैं क्या करूँ? जब भी शबीना को देखता

हूँ खुद को रोक नहीं पाता। अब तो लगता है शबीना मेरी ज़िंदगी है। अनीता मेरी मदद करो।'' अनीता समझ चुकी थी कि अविनाश को समझाना अब मुश्किल है। एक दिन अनीता ने शबीना को सब बता दिया कि अविनाश उससे दोस्ती करना चाहता है। शबीना कुछ नहीं बोली। अगले दिन क्लास के बाद शबीना और अनीता कैंटीन में बैठे थे। अनीता ने फिर कहा– ''अविनाश तुमसे बात करना चाहता है। प्लीज, उससे एक बार बात कर लो।'' शबीना ने बात करना स्वीकार कर लिया। कॉलेज के पास ही एक पेड़ था। वहीं पर अविनाश और शबीना आमने-सामने खड़े थे। शबीना काफी घबराई हुई थी। उसे कुछ समझ में नहीं आ रहा था कि वह क्या करे? अविनाश ने उसे बड़े ध्यान से देखा और उससे कहा कि वह उसे चाहने लगा है। शबीना ने कहा–''आप जानते हैं, मैं एक गैर धर्म से ताल्लुक रखती हूं।'' अविनाश ने कहा–''मैं जानता हूँ। मुझे इन बातों से कोई फर्क नहीं पड़ता। मेरी नजर मे सब इंसान एक हैं।'' शबीना उस के चेहरे को गौर से देखने लगी। वह कहे जा रहा था–''मुझे सिर्फ आपकी 'हाँ' चाहिए। ''शबीना ने मना कर दिया और बिना कुछ कहे वहाँ से चली गई। शबीना अविनाश की बातों से काफी परेशान सी हो गई। उस रात शबीना ठीक से सो भी नहीं पाई। उसे बार-बार अविनाश की बातें ही ध्यान में आ रही थीं। दो दिनों तक शबीना कॉलेज नहीं गई। कॉलेज में शबीना को ना देख पाने के कारण अविनाश बेचैन हो उठा और उसने अनीता से कहा कि वह शबीना के घर जाए और पूछे कि वह कॉलेज क्यों नहीं आ रही है? वह शबीना से मिलने उसके घर गई। शबीना उसे अपने कमरे में ले गई और उसे अपनी परेशानी का कारण बता दिया। शबीना ने कहा–''मुझे नहीं पता कि अविनाश मुझसे क्या चाहता है?''

अनीता ने उसे समझाया कि जब तुम्हारा उससे कोई रिश्ता ही नहीं है फिर परेशान क्यों हो रही हो? अनीता थोड़ा सा मुस्कुराई और शबीना को कहने लगी–''देखो शबीना, वह तुमसे प्यार करता है, तुम्हारे बारे में सब कुछ जानते हुए भी। उसकी दृष्टि में धर्म, जात-पात कोई भी मायने नहीं रखते, वह सबसे बड़ा धर्म इंसानियत को मानता है। बाकी तुम्हारी इच्छा।''

अगले दिन शबीना कॉलेज गई और क्लास के बाद अविनाश से मिली। उसने अविनाश को कैंटीन में चलने के लिए कहा। थोड़ी देर में ही दोनों एक दूसरे के सामने थे। शबीना ने अविनाश को समझाने की बहुत कोशिश की कि उसे जीवन में बहुत अच्छी लड़कियाँ मिल जाएंगी। वह प्लीज शबीना का पीछा छोड़ दे। क्योंकि शबीना अपने परिवार वालों से बगावत नहीं कर पायेगी। अविनाश ने कहा–''चलो फिर हम दोस्त बन जाते हैं।'' शबीना दोस्ती करने के लिए तैयार हो गई। अब शबीना और अविनाश दोस्ती की डोर में बंध चुके थे। दोनों एक दूसरे से अपनी बात भी शेयर करने लगे थे। शबीना के घर में उसकी चचेरी बहन की शादी थी। शबीना ने अपनी क्लास और अपने सभी जान पहचान वाले दोस्तों को शादी में आमंत्रित किया। सब दोस्त शादी में आ चुके थे पर अविनाश अभी तक शादी में नहीं पहुँचा था। जाने क्यूँ बार–बार शबीना का ध्यान गेट की तरफ ही जा रहा था। अनीता उसकी बेचैनी को परख चुकी थी। उसने शबीना से कहा–''तुम अविनाश से प्यार करने लगी हो इसलिए तुम इतनी बेचैन हो।'' शबीना ने इन्कार करते हुए 'नहीं' में सिर हिला दिया। थोड़ी देर बाद अविनाश सामने से आता दिखाई दिया। शबीना का चेहरा गुलाब की तरह खिल उठा। उसकी आंखों में खुशी झलकने लगी, मानो कोई मन्नत पूरी हो गई हो। अविनाश ने देखा कि शबीना बहुत ज्यादा सुंदर लग रही है। वह तो पहले ही से शबीना की सुंदरता पर मर मिटा था। आज शबीना पहले से भी ज्यादा खूबसूरत लग रही थी। शादी में भी दोनों किसी ना किसी बहाने से एक दूसरे को देख ही रहे थे। जब भी मौका मिलता दोनों एक साथ पास आ जाते थे। अनीता उन दोनों के बीच लुका–छुपी के खेल को समझ रही थी। शादी के बाद सब अपने–अपने घर चले गए। तब भी शबीना सपनों में अविनाश को ही देख रही थी।

देखते ही देखते तीन साल कैसे बीत गए, पता ही नहीं चला। अब तक शबीना और अविनाश एक दूसरे के काफी करीब आ चुके थे। एमबीए की शिक्षा पूरी करने के बाद अविनाश की एक प्राइवेट कंपनी में नौकरी लग गई और उसने कॉलेज छोड़ दिया। अब शबीना का मन कॉलेज में बिल्कुल भी

नहीं लगता था। कहते हैं जब तक कोई पास होता है उसका अहसास नहीं होता। जब वह दूर चला जाता है, तब उसका महत्व समझ में आता है। शबीना को भी आज यह अहसास हो चुका था कि वह अविनाश को चाहती है। वह अनीता से कहती थी कि शायद अब वह उसके बिना नहीं जी पाएगी। अविनाश को जब भी छुट्टी मिलती, वह शबीना से मिलने कॉलेज जरूर आता था। अब तो शबीना, अनीता के साथ संडे या छुट्टी वाले दिन बाहर शॉपिंग का बहाना कर घर से निकल जाती थी। वहां अविनाश और शबीना दोनों साथ-साथ घूमते थे और भविष्य के सपने सजाते थे। पर दोनों आने वाले तूफान से बेखबर थे।

एक दिन अविनाश ने अपने परिवार में शबीना के बारे में बताया। उसके परिवार वालों ने खूब खरी-खोटी सुनाई और साफ इंकार कर दिया। अविनाश ने शबीना को यह बात बताई और कहा–‘‘मैं तुमसे शादी करने को तैयार हूं।’’ शबीना ने अपनी अम्मी से कहा कि वह एक गैर मुस्लिम लड़के को पसंद करती है और शादी करना चाहती है। शबीना की अम्मी ने भी साफ मना कर दिया। शबीना और अविनाश के बीच में धर्म की एक बहुत बड़ी दीवार आकर खड़ी हो चुकी थी। दोनों ही परिवार वाले इस विवाह के लिए तैयार नहीं थे। अपने बच्चों की खुशी से अधिक प्यारा उन्हें अपना धर्म था। उधर अनीता भी दिल्ली नौकरी करने चली गई थी। शबीना बिल्कुल अकेली हो गई थी। शबीना की शिक्षा पूरी हो चुकी थी। उसकी अम्मी ने उसका बिल्कुल भी साथ नहीं दिया। वह भी मजबूर थी कि अगर शबीना के अब्बू और भाईयों को पता चलेगा तो वह बहुत क्रोधित होंगे।

अब घर में शबीना के रिश्ते आने शुरू हो चुके थे। अविनाश और शबीना का अब मिलना भी काफी मुश्किल हो गया था। अविनाश शबीना की चाहत में अपने परिवार के विरुद्ध भी जाने को तैयार था। शबीना की अम्मी ने उसे समझाया–‘‘तुम्हारे अब्बू का समाज में एक सम्मानित पद है। लोग उनका सम्मान करते हैं। इसलिए कोई भी ऐसा कदम मत उठाना कि परिवार या खानदान पर कोई आँच आए।’’ शबीना

की माँ की आँखों में आँसू भर आए–‘‘तुम हमारे कहे अनुसार शादी कर लो, अन्यथा हम कहीं भी मुंह दिखाने लायक नहीं बचेंगें।’’ किसी बहाने से शबीना और अविनाश एक दूसरे से एक मॉल में मिले। वहाँ दोनों ने अपनी अपनी परेशानियां एक दूसरे को बताई। अविनाश उसके लिए सब कुछ छोड़ने को तैयार था। परन्तु शबीना ने परिवार की इज्जत के लिए मना कर दिया। इसी बीच शबीना का रिश्ता इलाहाबाद में जुबैर अहमद के साथ तय हो गया। घर में किसी को भी यह बात पता नहीं थी कि शबीना अविनाश नाम के लड़के को पसंद करती है और उससे शादी करना चाहती है। शबीना ने अविनाश को अपनी शादी के विषय में बताया और कहा–‘‘अविनाश, जरूरी नहीं कि प्यार का मतलब मिलना ही हो। कभी कभी जुदाई भी प्यार का एक रूप होती है।’’ थोड़ी देर बाद शबीना फिर बोली–‘‘हमें अपने परिवार के सम्मान और मान मर्यादा के लिए एक दूसरे से अलग होना होगा। मेरी शादी तय हो चुकी है और अगले हफ्ते मेरी शादी है। तुम भी अपने लिए कोई अच्छी सी लड़की ढूंढ कर शादी कर लो। ‘‘अविनाश ने शबीना को बहुत समझाया लेकिन उसने अपना फैसला नहीं बदला और इलाहाबाद शादी करने के लिए तैयार हो गई। अनीता को जब यह पता चला कि शबीना की शादी है तो वह दिल्ली से सीधे शबीना के घर पहुँची। आज जब शबीना अनीता को यह सब बता रही थी तो अनीता की आँखों में भी आँसू भर आए थे। अनीता ने शबीना को अपने हाथों से शादी का जोड़ा पहनाया और निकाह के लिए बड़े हॉल मे ले गई। थोड़ी देर मे शबीना का निकाह हो गया और वह अब किसी दूसरे की दुल्हन थी। विदा होने से पहले उसने अनीता से कहा–‘‘मेरी मोहब्बत बेशक अधूरी रह गई पर मेरी मोहब्बत के निशान हमेशा रहेंगे। प्यार, धर्म, मजहब, जात-पात नहीं देखता। ये तो समाज के रखवाले हैं जो मोहब्बत को विभिन्न भागों में बाँट देते हैं।’’

शबीना सबको रुलाकर इलाहाबाद रुकसत हो गई। अनीता समझ नहीं पा रही थी कि शबीना के त्याग को क्या नाम दे? जिसने सबकी खुशी के लिए अपने प्यार को भी कुर्बान कर दिया था।

इस कहानी के माध्यम से हमें कुछ भी कहने या समझाने की आवश्यकता नहीं है क्योंकि एक नारी अपने परिवार के लिए अपनी इच्छाओं का गला तक घोंट देती है। महानता की मूरत है नारी, जो सबकी खुशी के लिए अपने प्रेम को भी कुर्बान करने की हिम्मत रखती है।